KB104086

방귀의 예술

방귀의 예술

L'art de péter

피에르 토마 니콜라 위르토 지음 · 성귀수 옮김

변비증을 앓는 사람

근엄하고 심각한 인간

우울증에 걸린 마나님

그리고 편견의 노예로 사는 모든 이를 위한

체계적인 이론생리학적 시론試論

[해설]

인간 해방의 팡파르, 방귀

    지금 당신의 손에 들린 책은 1751년 프랑스에서 어느 익명의 저자가 펴낸, 보석과도 같은 희귀 기서奇書다. 나중에 저자가, 왕족인 오를레앙 공을 비롯해 볼테르, 마리보, 루소, 디드로 등 당대 내로라하는 문인들과 더불어 18세기에 가장 잘나가는 사교계 인사 중 한 명이었음이 밝혀졌지만, 책이 처음 나왔을 때만 해도 출판사 표기란에 이런 식의 해괴망측한 주소가 달려 있었다.

    베스트팔렌, '면상面上에 대고 풀무로 방귀 뿡' 가街, '엉덩이 깐 플로랑'사社.●

    과학과 유머를 결합하고 풍자와 철학을 한데 버무린 것 같은 이 책은 출간 즉시 자유사상의 분위기가 팽배한 고

● En Westphalie, chez Florent-Q, rue Pet-en-Gueule, au Soufflet.

급 사교계의 대표적 읽을거리로 급부상하면서 19세기 초까지 여러 차례 판을 거듭해 왔으며, 21세기인 오늘날에도 코믹 메디컬 문학의 고전으로서 많은 대중의 사랑을 받고 있다.●

방귀라는 생리 현상은 분뇨담糞尿譚(scatologie)의 단골 메뉴 중 하나로, 문학의 소재가 되었다고 해서 그 자체가 놀랄 일은 아니다. 이미 16세기에 발표된 프랑수아 라블레의 『팡타그뤼엘』 제27장은 거인 팡타그뤼엘이 "어떻게 방귀로 남녀 난쟁이들을 만들어 냈는가"를 신명나게 이야기해 주고 있다. 즉 공기 파열음이 우렁찬 방귀 한 방을 뀌자 "기형인 남자 난쟁이가 5만 명 넘게" 그리고 소리 없이 새 나오는 방귀를 뀌자 "장애를 가진 여자 난쟁이가 또 5만 명 넘게" 태어났다는 것이다. 그런가 하면, 라블레의 거침없는 상상력에서 영감을 얻은 것으로 보이는 작자 미상의 라틴어 문헌 『데 페디투』De peditu(방귀에 관하여)는 『방귀의 예술』에 결정적인 발상을 제공한 것으로 알려져 있다.●● 그럼에

● 이 책은 2002년, 2003년, 2006년, 2007년, 2011년, 2012년, 2015년 그리고 2016년까지 지속적으로 판을 달리하며 재간되고 있다. 2015년 말 집계 프랑스 아마존 종합 베스트셀러 12위까지 치솟은 이 책의 판매 성적은 재미있게도 홀리데이 시즌에 따른 주기성 역주행 현상을 보여 준다.

●● 『데 페디투』는 1628년 독일의 인문학자 가스파르 도르나우가 하노버에서 출간한 '전례 민담집'에 수록된 문헌이다. 이 문헌과의 관련성은 프랑스 심리학자 피에르 자네가 1751년부터 1832년에 이르는 『방귀의 예술』의 일곱 판본을 면밀히 조사, 추적한 결과로서 제기한 의견이다.

도 이 책이 특별한 이유는, 방귀라는 지극히 통속적인 소재를 음악, 철학, 의학 등—적어도 외형상으로는(?)—다분히 체계적인 학문의 분석 대상으로 삼았다는 점 때문이다. 그러한 논지가 과학적 제스처를 과장하는 언어를 통해 집요하게 부각되는 가운데 이 문헌만의 독창적인 유머 코드가 작동한다.

저자 피에르 토마 니콜라 위르토(1719-1791)는 말장수의 아들로 태어나 상인이 될 운명이었다. 하지만 그는 이를 거역하고 군사학교의 라틴어 교관이 되어 언어, 역사, 지리, 풍속에 통달한 당대의 박학자로서 수많은 저서를 펴냈는데, 이 책은 그의 초기 저서 중 하나다.●●● 다방면에 걸친 방대하고도 진귀한 지식과 더불어, 특히 탁월한 언어 감각은 후대의 평가에서 빠지지 않고 거론되는 그의 장점이다. 시인이기도 했던 그의 가장 큰 업적이라면 1775년 『프랑스 동음이의어 사전』의 편찬을 들 수 있는데, 프랑스어만의 음성학적 효과와 어휘의 묘미에 대한 장인적 감각이 유

●●● 주요 저작은 다음과 같다. 『아니에 기행』Le Voyage d'Aniers (1748), 『영국인의 눈으로 바라본 결혼제도』Coup d'oeil anglais sur les cérémonies du mariage(역서, 1750), 『방귀의 예술』L'Art de péter(1751), 『월경에 대한 의학적 시론』Essais de médecine sur le flux menstruel (1754), 『운명의 서약』Le Pacte du destin(시집, 1770), 『메로빙거 왕조의 간추린 역사』Abrégé historique et portatif des rois mérovingiens(1775), 『프랑스 동음이의어 사전』Dictionnaire des mots homonymes de la langue française(1775), 『파리와 그 근교의 역사 사전』Dictionnaire historique de la ville de Paris et de ses environs(1779).

감없이 발휘되어 있다. 이와 함께 주제와 소재를 불문하고 '과학 모방'mimétisme scientifique 혹은 '과학 편집광'monomanie scientifique●의 언어를 무차별 구사해 아주 그럴듯한 담론으로 버무려 내는 솜씨는 당대 누구와 겨뤄도 뒤지지 않았다고 한다. 예컨대 그의 또 다른 성공작『월경에 대한 의학적 시론』의 요지는 결국 "생리가 심한 여자는 성욕이 강하다"는 민간 속설에 불과하지만, 그걸 담아내는 기발한 방식 덕분에 어엿한 하나의 학설처럼 읽힌다.

여자가 성적 욕망을 느끼면 해면체 내 혈액 유출에 따라 자궁이 팽창하고, 이때 일어나는 신경 수축에 의해 혈액은 더 이상 혈관을 통해 순환할 수 없게 된다. 그렇게 세포 속에 차오르는 혈액이 세포 섬유를 확장시키면서 불규칙한 형태의 기복과 동공洞空을 형성하는 가운데 순환 법칙의 교란이 진행되고, 그에 따른 잇단 내출혈 현상이 자궁 근섬유를 강하게 압박하여 불안정한 조직 긴장을 유발함으로써 급기야 혈액을 체외로 방출하는 것이다.●●

물론 과학적 입증과는 별개다. 하나 혹할 만하지 않은

● 전자는 역사학자 앙투안 드 베크가, 후자는 작가 프랑크 에브라르가 2006년과 2007년 각각『방귀의 예술』에 해제를 달면서 사용한 용어다.
●●『월경에 대한 의학적 시론』(1754, 파리), pp.32–33.

가? 무엇보다 저자가 불순한 의도로 누군가를 미혹시킨다기보다는, '윙크'를 곁들여 가며 기상천외한 입담을 능청맞게 펼쳐 보임으로써 즐거움을 유발한다는 점이 이런 글의 매력이다. 유머의 '품격'이라고나 할까. 아무 스스럼없이 거창하게 '방귀의 이론', 나아가 '방귀의 미학美學'을 표방하는 이 책 역시 처음부터 끝까지 천연덕스럽기 짝이 없는 '고품격' 재담才談의 파노라마다. 자못 학술적인 용어들을 내세워 진지하게 풀어 나가는 이야기의 형식과 그 속에 담긴 방정맞고 우스꽝스러운 내용의 괴리야말로 풍자와 해학의 비결이다.

전체 내용을 개략적으로만 훑어보아도 자연스럽게 웃음이 발포發泡한다.

먼저, 방귀 그 자체에 대한 정의가 의학적, 해부학적 시각에서 다루어진다. "요컨대 방귀란, 일반적으로 의사들이 주장하는 것처럼, 미약한 온기 때문에 완전히 해소되지 못하고 미지근하게 묽어진 점액 물질의 과잉이 가스를 발생시켜, 그 가스가 하복부에 갇힌 상태에서 비롯된다." 한데 자세히 들여다보면 포장만 과학적인 용어일 뿐, 그 이면에는 사교계의 짓궂은 재치와 유머가 십분 녹아들었음을 알 수 있다. "일종의 압축 공기인 그것이 저절로 없어지지 못하고 바깥으로 빠져나오기 위해 체내 이곳저곳을 돌아다니다가, 입에 담기가 영 점잖지 못한 어떤 출구에 이르러 갑작스럽게 터져 나오는 현상이 바로 방귀인 것이다. 순조로운 방출만 보장된다면, 그로 인해 얻는 기쁨과 희열은 세상 무엇과도 비교할 수 없다. '건강하게 오래 살기 위해서는 엉덩이로 바람을 뿜어 델 필요가 있다'는 속담은 그래서 생긴 것이다." 역시 적확한 설명은 누구나 공감하는 진실에서 비롯되는 법이다.

이어 음악성을 기준으로 한 방귀의 계통학 내지는 분류 체계가 제시된다. 방귀는 그 음향 효과에 따라 '유성방귀/무성방귀'로 나뉘는데, 거기서 파생되는 가짓수가 장난이 아니다. 이를테면 '대성방귀', '소성방귀', '도둑방귀', '똥방귀', '피식 방귀', '두루뭉실 방귀', '단순방귀', '복합방귀', '다중방귀' 등등. 그도 모자라 '방귀 꿰기'와 같은 신공神功까지 등장한다. 신체 기관의 변조와 축소 정도에 따라 방귀의 소리와 양태가 자유자재일 수 있다는 얘기다. 급기야 저자는 "방귀가 음악에 속할 수 있는가"라는 실로 "난해한"(?) 문제에 봉착한다. 그리고 나름 진지한 연구 결과를 세상에 내놓듯, 다음과 같은 지침들을 친절하게 베풀어 주신다. "날카로운 소리를 얻고 싶은가? 연한 가스를 가득 머금은 몸뚱어리와 좁다란 항문의 소유자를 찾아보아라. 두배는 더 굵직한 소리를 원하는가? 진한 가스로 가득 찬 복부와 넓은 배관을 장착한 신체의 소유자를 알아보는 게 좋을 것이다." 황당하다고? 천만의 말씀! "인간의 하복부는 다양한 소리를 내는 일종의 오르간"이며, "유능한 마에스트로라면 기존의 작곡 기법에 보태, 후대까지 길이 남을 독창적인 음악 체계를 그로부터 *끄*집어 낼 수" 있다는 전제 아래 어디까지나 체계적으로 추출해 낸 과학적 소견이다.●

시대와 문명에 따라 방귀 뀌는 자의 다채로운 역사와 유명 일화들도 소개된다. "무려 열두 차례나 연속적으로 나오려는 방귀"를 참다가 진수성찬을 눈으로만 구경해야 했던 어떤 여인, 시원한 방귀보다 겉치레와 가식을 택한 죄로 "거의 초죽음 상태"의 복통을 경험한 법관과 사제, 임금 앞에서 차마 방귀를 뀔 수 없어 결국 죽음까지 불사한 클라우

● 실제로 벨에포크 시대 프랑스에서 '페토만'Pétomane (방귀광)이라는 닉네임으로 큰 인기를 누린 '방귀 공연예술가' 조제프 쀠졸Joseph Pujol(1857~1945)이 바로 이런 견해를 체현한 인물일 수 있겠다. 파리 물랭루즈 무대를 필두로 해서 프랑스 전역을 돌며 방귀 공연을 한 그는 프랑스 민요 「달빛 속에서」Au clair de la lune를 방귀로만 연주할 수 있었다고 한다. 이에 열광하는 대중의 심리를 연구하기 위해 프로이트가 직접 그의 공연을 찾았을 정도이고, 1976년부터 2005년까지 그에 관해 네 편의 영화가 만들어졌다.

디우스 황제●의 '충신'들, 그런가 하면 "열두 살 때부터 지병을 앓아 온" 한 여인이 "툭하면 방귀를 뀌게" 되면서부터 완벽에 가까운 몸 상태에 이르렀다는 일화까지, 그야말로 포복절도할 사례들이 나열된다. 이 모두 '편견의 노예'인 우리 인간의 모습을 희화화하면서 방귀의 자유 여부가 그 어리석음의 척도일 수 있음을 이야기한다.

방귀가 갖는 사회적 역할과 문명 발전 기여도, 방귀의 정치적 의미를 논하는 부분은 이 책의 야심 찬 기도를 엿보게도 해 준다. 타이밍이 빛나는 방귀 한 방은 '잘난 척이 취미인 꼴불견들'의 과도한 사설邪說을 봉쇄키도 하거니와, 그 반대로 '소심하고 어색한 침묵'에 탈출구를 뚫어 '흥겨운 대화'의 물꼬를 터 줄 수도 있다. 시원스레 방출한 힘찬 방귀야말로 인간의 본래 위상을 회복시켜 주는 사회적 무기이며, 방귀 뀌는 자들이 중심이 되어 조직한 사회는 현실화된 유토피아에 다름 아니라는 '대담한' 주장에까지 이르고 보면, 정녕 방귀라는 것이 단순한 생리 현상을 넘어 철학적 해석이 필요한 문제인가 싶기도 하다.

그렇다고 덮어놓고 방귀 예찬으로 일관하는 것은 아니다. 무작정 방귀를 뀌어 대라 선동하는 것은 저자의 양식

● 폭군 칼리굴라가 살해된 직후 옹립된 로마 황제.

과 교양이 허락지 않으며, 어디까지나 세련되고 현명한 방귀의 '예술'을 현양顯揚하는 것이 목표다. 이를테면 "방귀가 나오는 순간, '어험, 흠' 따위의 헛기침"을 하든지, 순간적으로 항문 근육을 조여 "왕성하게 배출될 뻔한 가스를 연약하고 힘없는 상태로" 변화시키는 등의, 방귀를 뀌긴 뀌되 "슬그머니 위장"하라는 센스 있는 권고를 잊지 않는다. 물론 그 경우, 청각적 폐해를 피하는 대신 "후각적으로는 더욱 악화된 결과를 낳을 수도 있다"는 경고까지 포함해서 말이다.

"밥을 먹으면서 방귀 뀌는 사람은 죽을 때 악마를 본다"라는 프랑스 속담이 있다. 자라나는 아이들에게 예의범절을 가리키기 위해 전해 내려오는 말이다.●● 그만큼 방귀를 삼가는 태도는 우리의 의식, 무의식에 뿌리 깊다. 숨기고 싶은 것, 삼가야 할 생리적 현상을 의학과 철학 나아가 예술의 관점에서 재조명하고 그 가치를 적극 옹호하겠다는 발상에는 과연 18세기 계몽주의적 웰빙 사상의 영향이 뚜렷하다. 하지만 일정 시대의 사조와 풍류로 묶기에는 이 책의 유머에 담긴 메시지가 너무 큰 것 또한 사실이다.

문명과 관습에 얽매이기보다 자연과 자유를 따르는 것

●● 엘로이스 모자니, 『미신의 책. 신화와 신앙과 전설』Livres des superstitions. mythe, croyances et légende(로베르 라퐁, 1995), p.1369.

이 삶의 진수이기에, 자기 복부를 "아이올로스●의 동굴"처럼 부풀리면서까지 방귀를 시원스레 뀌지 못하는 사람은 '존재의 변비증'을 앓는 자와 다르지 않다. 이때 변비증이란 단순히 소화기 계통의 문제가 일으키는 유기체적 증상일 뿐 아니라, 인간의 수치심, 수줍음, 자기부정 같은 내면의 쾌락 억제 심리가 외재화된 현상이기도 하다. 그런 의미에서 방귀는 개인적으로 건강 염려증과 히스테리, 우울증을 한 방에 날려 버릴 수 있는 즉효 처방이거니와, 집단적으로는 가식과 편견에 고착된 사회의 금기 체계를 뒤흔들 비장의 무기가 될 수도 있다. 그것은 사육제의 유구한 전통에 따라 정신의 횡포에 반발하는 육체적 진실, 인간 본연의 자유를 복위復位시키는 우렁찬 팡파르로 해석된다.●●

『방귀의 예술』은 분명 '웃음의 책'이다. 그럼에도 시대를 초월하는 그 대중적 인기는 단순히 특이한 소재와 황당무계한 재담만으로 설명될 수 있는 것이 아니다. 인간은 마음껏 방귀를 뀌어야 하는 존재이며 방귀 또한 정신을 매료시킬 예술이 될 수 있다는 해학적인 주장이 인간성의 본질을 옹호하는 두 가지 유구한 가치, 즉 '톨레랑스'와 '휴머니즘'의 메시지에 정확히 닿아 있기 때문이다. 『방귀의 예술』

● 바람의 신.
●● 이 책의 헌사가 사육제를 의인화한 '나리'를 향하는 이유도 거기에 있다.

이 주는 카타르시스는 디오게네스의 기행奇行을 시작으로 다다이스트들의 허무주의적 요설, 고도를 기다리는 형이상학적 부랑자들의 뇌까림●●●에 이르는 해방과 자유의 도도한 상징주의를 관통한다. 항문의 연금술을 통해 구린 가스가 빛나는 상징이 되는 것이다.

2016년 5월
성귀수

●●● 사무엘 베케트의 『고도를 기다리며』에 등장하는 에스트라공과 블라디미르의 끝없는 대화는 그 자체가 존재의 구원 혹은 해방을 향한 여정이기도 하다.

사육제 나리께 바치는 서간체 헌사

졸저 『방귀의 예술』이 과연 나리 말고 그 누구의 가호 아래 이보다 더 훌륭하게 세상 빛을 볼 수 있었겠나이까? 또한 그것을 나리께 바치는 이유를 두고 어찌 구구절절 설명할 필요가 있겠나이까? 대중은 이미 그 이유를 죄다 숙지하고 있나이다. 이를테면, 졸저가 나리의 인가認可로 집필된 만큼, 불멸의 가도街道로 그 집필자를 실어 나를 책의 운명에 대해 사육제 나리께서 당연히 관심을 가지실 거라는 점 말입니다. 하물며 책을 세상에 나게 하신 분이 나리인데, 누가 있어 나리보다 이 책의 가치를 더 잘 알아보겠나이까?

당장 이 자리에서 나리를 칭송함은 물론이요, 기억조차 가물거릴 아득한 시대로 거슬러 오르는 나리의 혈통을 일일이 되새겨야 마땅할뿐더러, 나리의 쟁쟁하신 조상님들의 발자취를 되짚어 보고, 속담으로 전파되기에도 부족함

없는 나리의 미덕과 재능을 언급해 드리는 것이 당연지사이겠으나, 워낙에 재주가 미천한 소인인지라 어설프게 향로香爐를 흔들다가 자칫 나리의 코를 깨트릴까 오직 그것이 염려되오니, 부디 책머리에서부터 그럴 위험을 감수하지는 않게끔 윤허해 주시기 바라나이다. 더군다나 이 책을 제대로 즐기시려면 그 소중한 기관이야말로 앞으로 종종 필요하실 터.

비천하기 짝이 없는 충복, 지고하신 나리께 가없는 섬김과 존앙尊仰의 충정을 바치나이다.

독자에게

독자여, 그대가 방귀라는 걸 뀌기 시작한 이래 아직까지도 그걸 어떻게 뀌는지, 어떻게 뀌어야 하는지를 모르고 있다는 건 참으로 부끄러운 일이다. 일반적으로 방귀란 어른과 아이가 다르지 않다고, 즉 모든 방귀가 똑같다고 여기기 십상인데, 그야말로 엄청나게 잘못된 생각이다.

오늘 내가 그대 앞에 최대한 정교하게 분석해 제시하고자 하는 이 문제는 지금껏 형편없이 무시되어 왔다. 다룰 가치가 없다고 판단해서라기보다, 딱히 마땅한 연구 방법을 찾지 못했고 새로운 발견이 가능하리라 보지 않았기 때문이다. 물론 그 역시 잘못된 생각이다.

방귀란 하나의 예술이다. 즉, 루키아노스와 헤르모게네스, 쿠인틸리아누스 등등이 말한 것처럼, 삶에 유용한 어떤 것이다. 따라서 제대로 방귀를 뀔 줄 안다는 것은 보통 생각하는 이상으로 중요한 일이다.

애써 나오려다 말고 배만 더부룩하게 만든 방귀는
종종 죽음을 불러온다네.
저승 언저리를 헤매는 변비증 환자가 시원한 방귀 한 번 뀔
수 있다면
목숨까지도 건질 수 있는 것을.

요컨대, 누구든 정상적으로, 운치 있게 방귀를 뀔 수 있
다는 걸 그대는 이 책을 읽으면서 실감하게 될 것이다. 그
어떤 두툼한 사전에서도 만족할 만한 설명을 찾기 어려운
기술에 대해 그간 축적해 온 연구 성과를 나는 주저 없이 공
개할 생각이다. 그렇다고 까다로운 학술 용어를 나열하겠다
는 뜻은 결코 아니다. 단지 호기심 가득한 독자들에게 방귀
의 기술에 관한 기본 소양을 갖춰 주려는 것일 뿐.

이론으로 들어가기에 앞서

키케로는 파네티우스●가 물질을 규정하지도 않고 무작정 오물에 코부터 처박는다며 맹비난했다. 하지만 타의 추종을 불허하는 연설가 자신도 같은 책 『의무론』에서 그토록 신중하고 현명하며 유익한 지침에 소홀하기는 마찬가지였다. 이에 우리는 로마 시대 연설가의 신랄한 질책과 잘못 모두를 귀감으로 삼아, 혹시라도 같은 오류로 비난받는 일이 없도록, 방귀를 체계적으로 다루기에 앞서 그 정확하고 만족스러운 정의부터 내리도록 할 것이다.

● 중기 스토아 철학자. 논리와 이성 중심의 스토아 철학에 실천의 의미를 절충하는 입장.

목차

{1} 방귀란 무엇인가

{2} 방귀가 초래하는 여러 결과

{ 1 }

방귀란 무엇인가?

1
방귀의 정의

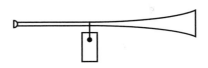

그리스어로는 'πορδη'(포르디), 라틴어로는 'crepitus ventris', 고대 앵글로색슨어로는 'purten' 혹은 'furten', 옛날 독일어로는 'fartzen' 그리고 영어로는 'fart'라 불리는 '방귀'란, 때로는 요란한 소리와 함께, 때로는 아무 소리 없이 방출되는 가스의 합성물이다.

그러나 칼레피노●를 위시해, 방귀라는 단어 본래의 의미가 소리와 함께 내뿜는 방귀에만 한정된다고 고집스레

● 최초의 이탈리아 사전 편찬자 가운데 한 사람.

주장하는 편협하고 무모한 저자들이 있다. 그들은 방귀의 완전한 개념을 제시하기에는 턱없이 부실한 호라티우스의 다음과 같은 시구를 절대적으로 신봉한다.

> 나는 잔뜩 부푼 공기주머니에서나 날 법한 요란한 소리와 함께 방귀를 뀌었도다.(풍자시 8장)

하지만 이 시구에서 호라티우스가 방귀라는 단어를 어떤 한 종류에 한정된 의미로 사용했다는 걸 느끼지 못할 사람이 과연 있을까? '방귀'라는 단어의 명쾌한 어감을 살리려다 보니, 시원하게 터져 나오는 방귀로 설명을 몰아갈 필요가 있지 않았을까? 유쾌한 철학자 생테브르몽은 방귀에 대해 속인들이 이해하는 것과는 판이한 관념을 가지고 있었다. 그에게 방귀란 일종의 탄식이었다. 어느 날 정부情婦 앞에서 방귀를 뀌며 이렇게 말하고 있으니 말이다.

> 비탄에 사무친 나의 가슴에
> 가득 들어찬 탄식이,
> 쌀쌀맞은 그대 성미 앞에서는
> 감히 입으로 튀어나올 엄두 내지 못하고

다른 통로로 슬그머니 비어져 나오네.

요컨대 방귀란, 일반적으로 의사들이 주장하는 것처럼, 미약한 온기 때문에 완전히 해소되지 못하고 미지근하게 묽어진 점액 물질의 과잉이 가스를 발생시켜, 그 가스가 하복부에 갇힌 상태에서 비롯된다. 결국 일종의 압축 공기인 그것이 저절로 없어지지 못하고 바깥으로 빠져 나오기 위해 체내 이곳저곳을 돌아다니다가, 입에 담기가 영 점잖지 못한 어떤 출구에 이르러 갑작스럽게 터져 나오는 현상이 바로 방귀인 것이다.

하지만 이 책에서는 보다 적나라하게 얘기하겠다. 문제의 그 녀석은 명쾌한 소음을 동반하든 그렇지 않든, 항문을 통해 제 정체를 드러낸다. 때로는 자연의 조화로 아무힘들이지 않고서, 때로는 인위적인 기술의 도움을 빌려서 그렇게 하는 것이다. 이 경우, 순조로운 방출만 보장된다면, 그로 인해 얻는 기쁨과 희열은 세상 무엇과도 비교할 수 없다. "건강하게 오래 살기 위해서는 엉덩이로 바람을 뿜어댈 필요가 있다"는 속담은 그래서 생긴 것이다.

여하튼 방귀에 대한 정의로 다시 돌아와, 우리는 그것의 종류와 성분 차이점을 모조리 포괄함으로써 철학의 가장 건전한 원칙들에 부합하는 정의를 마련해 보고자 한다. 모든 원인과 종류를 망라한 정의를 꼼꼼하게 살펴볼 것이다. 종류별로 정의가 일관되는 것처럼, 점액 물질이나 잘 소화되지 못한 음식물 따위의, 가스를 만들어 내는 원인을 따져 보아도 마찬가지로 일관된 정의가 가능할 거라는 점에는 의심의 여지가 없다. 자, 그럼 방귀의 종류를 살펴보기 전에 먼저 원인부터 차근차근 논해 보기로 하자.

우리는 방귀의 재료가 미지근하고 살짝 묽어진 상태의 물질이라고 생각한다. 자고로 가장 덥거나 가장 추운 고장에서는 결코 비가 내리지 않는 법이다. 너무 거센 열기는 모든 형태의 연기와 증기를 삼켜 버리고, 과도한 냉기는 연기나 증기의 발생 자체를 억제하기 때문이다. 반면 중간 정도로 온화한 지역에는 비가 잘 내리는 편이다. 마찬가지로 과도한 열기는 음식물을 완전히 짓이겨 해체해 버릴 뿐만 아니라, 모든 기체를 일소해 버린다. 이는 냉기의 경우엔 해당되지 않는 현상이나, 대신 약간의 기체가 발생하는 것도 허락하지 않는 것이 또한 냉기다. 반면 열기가 어중간하고 온화할 땐 이와 정반대의 현상이 벌어진다. 미약한 열기는 결국 음식물이 완전히 소화되는 것을 방해하고, 살짝 묽어진 상태로 머물게끔 한다. 그렇게 해서 내장 속에 자리

잡은 점액 물질은 가스 발생을 촉진하고, 미지근한 온기와 더불어 음식물의 발효를 더욱 가속화하여 매우 진하고 활성화된 가스를 만들어 내는 것이다. 봄, 가을을 여름, 겨울과 비교해 본다든지, 적당한 불꽃을 활용한 증류 기술을 생각해 보면 이 점은 충분히 이해할 수 있을 것이다.

2

방귀와 트림

앞에서 우리는 방귀가 항문을 통해 나온다고 말했다. 바로 그 점이 트림과 다른 점이다. '트림'이란 방귀와 똑같은 재료로 만들어졌음에도 불구하고 출구의 근접성이라든가 복부의 포만도와 강도, 혹은 아래 통로로 내려가지 못하게 만드는 일련의 요인들로 인해 배 속으로부터 위쪽으로 방출된다. 일반적으로 통용되는 우리네 격식에 따르면, 트림은 방귀와 비슷하거나 그보다 더 끔찍한 결례에 해당한다. 그럼에도 불구하고 루이 대왕의 으리으리한 궁전에서 지엄하신 군주가 놀란 눈으로 지켜보는 가운데 한 사신이 대차기 짝이 없는 트림을 해 대고는, 자기 나라에서는 그것이 귀족의 근엄한 품위에 해당한다고 강변하는 것을 보지 않았던가! 그러니 방귀와 트림 둘 중 어느 하나를 다른 것과 비교해 좋지 못한 것으로 섣불리 결론지어서는 안 될 일이다. 가스란 위로 나오든 아래로 나오든 똑같으며, 그런 걸로 수치심을 느껴서는 안 되는 것이다. 실제로 퓌르티에르의 『대사전』 제2권을 보면, 신하가 군주 앞에서 트림과 방귀를 선보여야만 하는 서포크 백작령의 성탄 풍습이 소개되어 있을 정도이다.

트림이라는 것을 복통을 동반한 설사성 가스 배출이나 부글거리는 복부 소음의 일종으로 치부해서는 안 된다. 그런 것들은 비록 같은 종류의 가스가 원인이기는 하나, 내장속에서 한참을 꾸물대다 보니 항상 뒤늦게 진짜 정체를 드러내며, 그런 점에서 흡사 연극의 프롤로그나 임박한 폭풍의 전조와도 같은 거라 말할 수 있다. 사이즈를 줄이기 위해 허리를 늘 바짝 조여 매는 여인네들이 특히 그런 현상에 단골 노릇을 한다. 페르넬●에 의하면, 그들 체내에서 의사들이 보통 '맹장'이라 부르는 장기는 워낙 팽창도가 크고 가스 수용량도 넉넉해서, 저 아이올리스 산중에 있다는 아이올로스의 동굴이 그랬던 것 이상으로 공기를 아무리 품어도 복부에는 별로 부담을 주지 않는다는 것이다. 심지어 그네들의 그런 능력을 앞세워, 바다 먼 곳까지 범선을 나아가게 한다든지, 최소한 풍차를 돌아가게 할 수도 있을 거라는 얘기가 있다.

이제 우리가 내린 정의의 타당성을 완벽히 입증하기 위해서는 방귀의 궁극적 목적에 대해 논의하는 일만 남은 셈이다. 때로 그것은 자연이 희구하는 건강일 수도 있고, 기술을 통해 얻어지는 희열과 쾌감일 수도 있다. 하지만 그 문제는 따로 장(章)을 할애해 보다 효과적으로 다루고자 한다. 다만 우리는 건강과 양식에 반하는 그 어떤 방귀의 목적에 대해서도 단호히 부정하는 입장임을 천명한다. 그런 부적절한 경우는 유쾌하면서도 분별 있는 수많은 방귀 사례 속에서 결코 합당한 위치를 찾지 못할 것이다.

3
방귀 분류하기

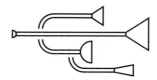

　방귀의 본질과 원인에 대한 설명을 끝냈으니, 이제 남은 건 그것을 정확히 분류하는 일이다. 그리고 종류별로 면밀히 관찰하여, 그 양상에 따라 상대적인 정의를 내리는 것이다.

　이쯤에서 자연스럽게 떠오르는 질문이 하나 있다. 도대체 어떻게 하면 방귀가 정확히 분류되는가? 길이와 부피, 무게를 측정해야 할까? 여기 탁월한 의사 선생이 제시한 해

결책이 있다. 아마 이보다 더 손쉽고 자연스러운 방법은 찾기 힘들 것이다.

우선 당신의 코를 항문 속에 처박아라. 코의 구조를 양분하는 내벽●이 항문 역시 같은 방식으로 나누게 될 거다. 그럼 당신의 콧구멍은 코가 사용하게 될 저울의 접시 역할을 하는 셈이다. 이제 방귀가 나올 텐데 그때 조금이라도 질량감이 느껴진다면, 즉시 측량이 필요하다는 신호로 받아들여 긴장해야 한다. 건조하게 느껴지면 건조한 대로, 축축하게 느껴지면 축축한 대로……. 만약 방귀가 너무 적어 측정을 하기 어렵다 싶을 땐, 유리 제조공처럼 하면 된다. 즉 그 양이 어느 정도 수준에 오를 때까지 주형에 불어 넣듯 힘껏 불어 대라.

아니, 그러지 말고 우리 한번 진지하게 얘기해 보자. 소위 문법학자들이라는 사람들은 문자를 모음과 자음으로 나눈다. 하지만 이들은 그렇게 함으로써 정작 중요한 소재를 건성으로 다루고 있는 거다. 반면, 있는 그대로의 실체를 냄새 맡고 맛보게 해 주는 걸 목표로 하는 우리는 방귀를 유성과 무성으로 나눈다.

유성 방귀는 보통 '뽕방귀'라고 부른다. 방귀를 "뽕" 뀐다는 표현에서 그대로 따온 명칭으로, 아랫배가 방귀로 가

● 비중격.

득 차 있을 때처럼, 각종 소리를 유발하는 방귀에 두루 해당한다. 그에 대해서는 빌리키우스 요도쿠스•• 의 「뽕방귀론論」••• 을 참조하시라. 어쨌든, 뽕방귀 소리는 건조한 기체에서 발생하는 요란한 폭발음이다. 발생 원인 혹은 상황의 다양한 변수에 따라 음량 자체가 클 수도 있고, 작을 수도 있다. 음량이 큰 뽕방귀를 대성大聲방귀, 작은 뽕방귀를 소성小聲방귀라 부르기도 한다.

대성방귀 혹은 '대포방귀'에 관하여

대성방귀 혹은 '대포방귀'가 커다란 소리를 내며 터져 나오는 이유는 다음과 같이 짚어 볼 수 있다. 우선, 시골 농부들이 대개 그러하듯, 방귀가 통과하는 기관의 직경이 그만큼 크고 넉넉하기 때문일 수 있다. 아울러, 가스를 유독 많이 발생시키는 음식물을 무분별하게 섭취했거나, 내장을 비롯한 장기의 더운 기운이 턱없이 부족한 점도 원인이 될 수 있다. 이른바 방귀 중 으뜸인 이 '대포방귀'는 총포의 굉음이랄지, 소나 말의 큼직한 방광이나 오르간의 풀무가 터지면 날 법한 소리에 비교할 수 있을 것이다. 아리스토파네스의 희극에서 선보인 천둥소리로는 극히 미미한 느낌만

<hr>

•• 독일 의사이며 작가.
••• *De Crepitu ventris problemata* (1552).

얻을 수 있을 뿐이다. 그것은 성벽을 무너뜨린다든지, 고을
에 입성하는 나리를 환영하기 위한 대포의 포성처럼 실감
이 나지 않기 때문이다.

방귀에 거부감을 가진 자들의 원성

그들은 말한다, 방귀가 싫은 것은 소리 때문이 아니라
고. 그렇게 천방지축 튀어나오는 소리뿐이라면, 거부감은
커녕, 오히려 즐겁고 재미날 거라고. 하지만 방귀는 항상
우리의 후각을 괴롭히는 냄새를 동반하기 마련이라는 것.
바로 그렇기 때문에 방귀에 문제가 있다는 얘기다. 오히려
소리 하나 내지 않고도, 고약한 입자를 뿌려 우리의 인상
을 찌푸리게 만드는 일이 허다하다. 우리가 전혀 예상치 못
하는 가운데 불시에 엄습해서, 아무 기척 없이 공격할 만큼
본질이 음흉한 게 바로 방귀라는 것이다. 심지어는 둔탁한
소음을 앞세워 등장하면서, 뒤이어 보다 창피스러운 '부속
물질'을 동반하는 경우까지 있는데, 그 지독한 악취로 미루
어 동반 물질의 정체가 무엇인지는 너무나도 뻔하다!

그에 대한 대답

방귀를 온갖 패악의 온상처럼 여겨, 그토록 죄악시하는 태도는 분명 무지의 소치다. 예를 들어 '맑은 방귀'는 냄새가 전혀 없거나 있어도 극히 미약해, 배출구부터 누군가의 콧구멍까지 이르는 공간을 통과할 힘조차 없다. 방귀를 묘사하는 라틴어 단어 'crepitus'는 사실 냄새 없는 소리만을 의미한다. 그런데도 그것을, 특별한 경우 복부를 가득 채우는 유해 가스와 혼동하고 있다. 예를 들어 청각은 그냥 두고 후각만을 괴롭히는 가스가 있는데, 통상 '도둑방귀'라고도 부른다. 그런가 하면, 가장 혐오스러운 장면까지 동반하는 가스로, '똥방귀'라 부르는 것이 있다. 요컨대, 방귀에 적대적인 사람들의 입장 자체가 잘못된 이해에 근거하고 있다는 얘기다. 따라서 그들을 꼼짝 못 하게끔 무력화하는 일도 그만큼 쉬워질 수밖에 없다. 그저 방금 개념 규정을 명확히 한 끔찍한 경우와 그렇지 않은 방귀를 구분해, 그 둘이 애당초 다르다는 사실을 설명해 주면 그걸로 충분하다.

몸속에 들어차 한껏 압축되었다가 빠져나오는 모든 공기를 '체내 가스'라 부른다. 그런 점에서 '맑은 방귀'와 '도둑방귀' 심지어 '똥방귀'까지, 다들 본질적으로는 동일한 성질을 공유하는 셈이다. 다만, 몸속에서 얼마나 오랜 시간 머무느냐, 얼마나 어렵게 혹은 쉽게 빠져나오느냐에 따라, 서로 간 차이점이 발생하며, 완전히 다른 양상을 보이게 되는 것이다. '맑은 방귀'는 일단 몸속에 어느 정도 들어찬 다음, 통로가 뻗어 나가는 구석구석 아무 막힘 없이 돌아다니다가, 다소간 떠들썩하게 바깥으로 뛰쳐나온다. 한편, '똥방귀'는 수차례 몸 밖으로 나오려고 하다가 매번 길이 막힌 경우로, 그럴 때마다 다시 통로를 거슬러 같은 공간을 이리저리 돌아다니는 가운데, 열이 오르고, 또 도중에 잡다한 이물질과도 뒤섞이는 과정을 거치게 된다. 그러다 보니, 가스 자체가 점점 무거워져 내려앉게 되고, 몸속의 낮은 부위로 몰리는 현상이 일어난다. 이제 상당히 고온다습해진 가스와 이물질의 혼합체는 약간의 움직임만으로도 분출할 지경에 이르고, 급기야 별로 큰 소음 없이 바깥으로 탈출한다. 한데 이때, 그간 머금어 온 온갖 '건더기'를 마치 전리품처럼 달고 나오는 것이다! 마지막으로 '도둑방귀'는 몸속을 지나는 통로마다 막히면서 힘겨운 여정을 거치는 것이 '똥방귀'와 유사하다. 고온에 시달리는 것도 비슷하고, 도중에 걸쭉한 이물질들과 섞여, 결국 체내 낮은 부위에 몰리는 것도 매한가지다. 단지 다른 점이라면 그 부위가 이번에는 비교적 건조하고 척박한 환경이라는 사실이다. 따라서 몸속을 이동하는 동안 섞여든 이물질까지 바싹 타들어 가, 결국 밖으로 가스가 새어 나올 때는 소리는 없어도 냄새는 무척이나 고약해지고 만다.

방귀를 싫어하는 사람들의 원성에 응대를 해 주었으니, 이제 방귀를 분류하는 우리의 작업으로 돌아가자. 하긴, 이들 방귀는 사람에 따라 대포의 포성과 닮았을 수도 있고, 아리스토파네스의 천둥소리와 닮았을 수도 있다. 어찌 됐든, 방귀는 단순하든지 복잡하든지 둘 중 하나이기 마련이다.

'단순방귀'는 단 한 차례 빵 터지는 소리로 규정할 수 있다. 프리아포스●가 가죽 주머니 터지는 소리에 빗대 말한 것이 바로 이 방귀다. "방광 터지는 소리가 나도록, 나는 방귀를 뀌리로다."displosa sonat quantum vesica, pepedi. ●● 방귀가 그런 단순 무식한 소리를 내는 것은, 방귀의 재료가 동일한 물질로 구성되고 그 양이 풍부한 데다, 방귀의 출구가 충분히 넓거나 틈새가 느슨한 경우, 아울러 방귀를 뀌는 주체가 글자 그대로 단순 무식한 성격이어서, 단 한 차례 힘을 주어 대차게 내지를 경우에 해당한다.

● 그리스 로마 신화에 등장하는 다산과 번식을 상징하는 신.
●● 호라티우스.

반면 '복합방귀'는, 여러 차례 거듭되는 폭발음과도 같이, 연달아 터져 나오는 소리로 규정된다. 그것은 흡사 줄지어 소리를 내는 나팔들을 연상시키고, 연속적으로 사격하는 총포 소리와도 비슷하다. 이른바 다중방귀라고도 부르는 그것에 관해 혹자는, 체력이 좋은 사람의 경우 한 번에 스무 번이나 연달아 그런 방귀를 터뜨릴 수도 있다고 주장한다.

다중방귀의 분석 혹은 그 생리적 원인 규명

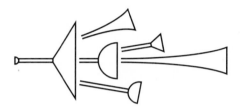

방귀는 배출구가 비교적 크고 재료가 풍부하되, 따스하고 묽거나 차갑고 되고 등등, 그 성분이 잡다한 혼합을 이루고 있을 경우 다중적이 되기 쉽다. 또한 재료가 몸속의 불안정한 부위에 머물다 보면, 그로 인해 발생하는 방귀가 내장의 여러 다른 부위로 역류하는 일이 일어나고야 만다.

그럴 경우, 방귀는 단번에 녹아 없어지지도 않을뿐더러, 동일한 내장 공간에 머물 수도 없게 되고, 한 차례 힘을 주는 것만으로 배출되기도 어려워진다. 그러다 결국에는 마지막 한 방에 이르기까지, 불규칙한 간격을 두고 여러 차례에 걸쳐 밖으로 터져 나오게 되는 것이다. 마치 집중포화처럼, 불규칙하게 연속적으로, 뿌-뿌-뿌-뿌-뿡, 뿌-뿌-뿌-뿌-뿌-뿡…… 이런 식의 다중적 음절 마디를 형성하며 터져 나온다. 항문이 정확하게 다시 닫히지 않는 것은, 방귀의 재료가 품은 기운이 자연의 법칙보다 드세기 때문이다.

세상에 다중방귀의 메커니즘보다 더 유쾌하고 재미난 현상은 없다. 그리고 그 공功은 모조리 항문에게로 돌려야 한다.

항문과의 상관관계에서 볼 때, 다음과 같은 사항들을 다중방귀의 전제 조건으로 꼽을 수 있을 것이다.

첫째, 항문 자체의 크기가 비교적 넉넉할 뿐더러, 그를 둘러싼 괄약근이 질긴 탄력성을 갖춰야 한다.

둘째, 우선 맨 처음 방출할 단순방귀를 위해, 충분한 양의 균질한 방귀 재료를 확보해야 한다.

셋째, 처음 한 방이 터진 다음, 자기도 모르게 항문이 닫히긴 하지만 확실히 닫히지는 않아야 한다. 이때 자연의 법칙보다 기가 센 방귀 재료가 항문을 활짝 열어서도 안 되고, 발작적인 자극만을 가해야 한다.

넷째, 항문이 어느 정도까지만 다시 닫히고, 또다시 열리는 현상이 번갈아 일어나야 하며, 방귀를 온전히 바깥으로 방출하여 해소시키려는 자연의 법칙과 끈질기게 투쟁해야만 한다.

다섯째, 필요한 경우 항문이 나머지 방귀를 잡아 가두어, 보다 적당한 시기를 위해 비축해 둘 수도 있다.

호라티우스는 바로 이 다중방귀라는 소재를 활용해, 프리아포스에 관한 진귀한 일화를 소개하고 있다. 그 내용은 대강 이렇다. 하루는 이 무례하고 몰상식한 신이 끔찍한 방귀를 대차게 방출했는데, 그 바람에 근처에서 한창 마법에 열중하고 있던 마녀들이 기겁을 하며 도망쳤다는 것이다. 사실 그 방귀가 단순방귀에 불과했다면 마녀들이 기겁하는 일은 없었을 것이고, 다루던 뱀들이랄지 온갖 마법 도구들을 내팽개친 채 걸음아 나 살려라 고을로 내뺐을 리도 없었을 터다. 필경 프리아포스는, 팽팽하게 부푼 방광이 터지듯, 요란한 단순방귀로 포문을 열었을 것이다. 그러고는 곧이어, 좀 더 강한 다중방귀를 연달아 터뜨려, 가뜩이나 놀란 마녀들을 줄행랑치지 않으면 안 되게 만들었다는 얘기다. 호라티우스가 그 점에 관해 상세한 설명을 첨부하고 있지는 않다. 그 이유는, 얘기가 방만해지는 것이 싫었을 뿐 아니라, 굳이 설명하지 않아도 다들 그런 정도는 알고 있으리라 생각했기 때문임이 분명하다. 그럼에도 우리는, 인간의 신체 구조나 생리에 관한 지식이 전무한 자들에게만 애매하게 느껴질 위의 일화를 조금은 풀어 설명해 주는 것이 필요할 것 같아 이런 설명을 구구절절 늘어놓는 것이다……. 더 이상은 얘기하지 않겠다.

5

다중방귀로 초래된 재난과 사고

마귀를 줄행랑치게 해, 결국 바보로 만들어 버린 방귀의 일화

다중방귀로 인해 마귀의 저주에서 벗어난 집들

만약 다중방귀가 천둥보다 더 무서운 것이라면, 벼락으로 인해 숱한 사람들이 혼비백산하고 심지어 사망하듯이, 한번 대차게 내지른 다중방귀가 그에 비견할 온갖 재난을 초래함은 당연한 일일 것이다. 아마, 심신 나약한 사람들은 즉각적인 죽음을 각오해야만 할지도 모른다. 우리가 이런 판단을 고수하는 건, 무엇보다 다중방귀를 형성하는 각종 성분과 그 고도의 압력을 염두에 두기 때문이다. 섣부르게 남발할 경우, 그것은 바깥공기를 뒤흔들고, 눈 깜짝할 사이 뇌의 가장 섬세한 조직을 들쑤셔 걷잡을 수 없이 머리를 휘젓는가 하면, 골수를 담고 있는 일곱 번째 추골을 으스러뜨려 결국에는 사망을 초래하고야 만다.

이 모든 사태는 순무라든가, 마늘, 완두콩, 잠두콩, 무 등, 일반적으로 몸속에서 가스를 발생시킨다고 알려진 각종 식자재에 그 원인이 있다. 결국 몸 밖으로 방귀가 방출될 때, 짧은 간격을 두고 연속적인 폭발음을 만들어 내는 것은 바로 그와 같은 음식물에 주된 책임이 있는 셈이다. 아뿔싸! 그 폭발의 압력과 충격으로 인해, 얼마나 많은 병아리들이 달걀 속에서 지워져야 했을까! 얼마나 많은 태아들이 엄마의 배 속에서 미처 피어 보지도 못한 생을 접어야만 했을까! 심지어 마귀조차 툭하면 그로부터 도망치기에 바빴다고 하니 말이다…….

그와 관련해서 전해지는 여러 민담 중, 신빙성이 비교적 농후하다 인정받는 이야기를 하나 소개할까 한다. 옛날에 마귀가 인간의 영혼을 손아귀에 넣기 위해서 오랜 세월 어떤 사람을 괴롭혔다. 그 사람은 결국 사악한 정령의 집요함을 견디다 못해, 당장 세 가지 소망을 들어준다는 조건하에 자신의 영혼을 파는 데 동의했다.

첫째, 그는 마귀한테 막대한 금은보화를 요구했고, 그 즉시 그 모든 걸 받았다. 둘째, 그는 자신을 투명 인간으로 만들어 달라고 청했다. 마귀는 곧바로 그 방법을 가르쳐 주었고, 스스로 체험해 보도록 옆에서 꼼꼼히 도와주었다. 이제 그는 셋째로 내세울 요구를 놓고 적잖이 긴장하게 되었다. 이번에야말로 마귀가 도저히 들어줄 수 없을 요구를 내놓아야만 하기 때문이었다. 하지만 얼른 그럴듯한 묘안이 떠오르지 않자 점점 불안과 공포가 엄습하는 것이었는데, 오히려 그런 심리 상태가 역으로 작용해, 결국 마귀의 손아귀에서 무사히 탈출하는 결과로 이어지게 된다. 즉, 위기의 순간을 맞아, 긴장할 대로 긴장한 그의 몸 밖으로 다중 방귀가 터져 나왔고, 그 소리는 흡사 화승총을 발사할 때와 같은 굉음을 연상시켰다는 것이다. 그 순간, 생각지도 못한 기지가 뇌리를 스치면서, 그는 마귀에게 이렇게 제안했다. "지금 이 방귀들을 실에 꿰어 주십시오. 그러면 내 영혼은 온전히 당신 것입니다!" 마귀가 그 즉시 (구슬 꿰기가 아닌) '방귀 꿰기' 작업에 들어갔음은 물론이다. 말하자면, 실을 가져다 항문에 대고 방귀가 연속 출현할 때마다 그것들을 놓치지 않고 꿰어 모으려 애를 썼던 것인데, 그 일이 제대로 성사될 리는 만무했다. 더군다나, 주변 메아리로 더더

욱 시끌벅적해진 방귀 소리에 질겁하고, 바보 취급당한 것에 모멸감까지 치밀어 오른 마귀는 그 자신마저 주변을 온통 오염시키는 지독한 방귀를 뀌면서 어디론가 내빼더라는 것이다. 그렇게 해서, 자칫 큰 재앙을 당할 뻔한 사람은 곤경에서 무사히 벗어났고 말이다.

실제로 마귀를 쫓는 데엔 방귀만 한 특효약이 없다고 할 수 있다. 그런 뜻에서, 지금 이 자리에 소개하고 있는 『방귀의 예술』이란 책과 관련해 그동안 마귀한테 시달려 온 사람들일수록 누구보다 더 열렬한 환영의 뜻을 표해 올 것이 분명하다. 결국 마귀의 술수는 그에 버금가는 술수를 통해 물리치고, 마귀의 음흉함 역시 그에 못지않은 음흉함을 동원해 무력화시킬 수밖에 없다고 확신한다. 하나의 못을 또 다른 못을 박음으로써 내친다고나 할까. 하나의 강력한 빛이 흐린 빛줄기를 지우고, 큰 소리와 진한 냄새가 그보다 약한 소리와 냄새를 잠기게 만드는 격이다. 그런 식으로, 어둠의 천사는 불운한 자들 손에 우리가 쥐여 준 횃불로 인해 맥을 못 추게 될 것이다.

다중방귀는 호주머니 속에 넣어 가지고 다니는 작은 천둥과도 같아, 필요할 땐 언제든 꺼내 사용할 수가 있다. 그것이 가진 효험은 대단히 능동적이다. 값을 매길 수 없는 그 가치는 아주 아득한 옛날부터 인정되어 온 것이다. 그렇기에 '힘찬 방귀는 웬만한 재능과 맞먹는다'라는 로마 시대 속담이 있을 정도다.

일반적으로 다중방귀에선 악취가 나지 않는다. 단, 내장 안에서 부패 현상이 일어난다거나, 부패가 일어나기 시작하는 죽은 생물체의 몸 안에 장시간 가스가 머물렀을 때, 혹은 섭취한 음식물이 원래 상한 것이었을 경우에는 얘기가 달라진다. 그걸 일일이 구별하려면, 지극히 예민한 후각의 힘을 빌려야만 한다. 나는 그런 후각일랑 꿈도 꾸지 못한다. 독자 여러분은 부디 나처럼 지독한 코감기에 걸리지 않기를 바란다.

6

소성방귀 혹은 작은 뿡방귀에 관하여

작은 뿡방귀 혹은 소성방귀는 '대포방귀'보다 훨씬 덜 요란스럽게 터져 나오는 방귀다. 가스가 나오는 구멍이나 통로가 (어린 아가씨들 경우처럼) 너무 비좁기 때문일 수도 있고, 내장에 담긴 가스의 양이 적어서일 수도 있다. 이러한 방귀는 크게 '맑은 방귀'와 '피식 방귀' 그리고 이도 저도 아닌 '두리뭉실 방귀'로 나뉜다.

맑은 방귀

이 방귀는 일종의 소성방귀로, 아주 건조하면서 농도가 연한 가스인데, 무척 좁다란 통로를 부드럽게 이동해 바깥으로 배출된다. 이때 방귀의 힘은 지푸라기 한 올도 날려버리지 못할 만큼 여리다. 흔히 '색시방귀'라고 부르는 것이 바로 이 방귀다. 아무리 민감한 코라도 이 방귀 때문에 자극을 받지는 않으며, '도둑방귀'나 '똥방귀'처럼 지저분하지도 않다.

피식 방귀

피식 방귀는 소성방귀 중에서도 약한 방귀라 할 수 있다. 비교적 다습한 성분의 가스인데, 그 맛이랄지 개념을 설명하려면 부득이 오리가 뀌는 방귀를 예로 들 수밖에 없다. 방귀를 내보내는 통로가 넓든 좁든, 그건 별로 중요하지 않다. 일단 방출된 가스의 힘이 너무 여리고 보잘것없다보니, 마치 생기다 만 미숙아 같은 방귀로 느껴질 정도다. 흔히들 '빵집아가씨 방귀'라 부르는 게 바로 이 방귀다.

두리뭉실 방귀

이 방귀는 맑은 방귀와 피식 방귀의 중간쯤에 위치하는 방귀다. 단일 성분의 가스이면서, 양적으로 질적으로 평범한 수준이고, 소화가 무난하게 된 상태이다. 좁지도 넓지도 않은 구멍으로 나올 때도, 별다른 노력이나 힘이 필요치 않다.

이상 세 가지 방귀의 요인에 관하여

이상 예를 든 방귀의 다양한 소리들은 세 가지 중요한 요인에 의해 결정된다. 즉 가스의 성분과 통로의 성격 그리고 방귀 뀌는 사람의 기력이다.

1. 가스의 성분이 건조할수록 방귀 소리는 맑다. 가스 성분이 습하면 소리는 낮고 어둡다. 가스 성분이 단일하고 균질하면 소리도 그만큼 단순하다. 만약 성분이 잡다하게 섞여 있다면, 방귀도 여러 소리를 한꺼번에 낸다.

2. 방귀가 지나는 통로와 관련해, 그 구경이 좁으면 소리는 날카로워진다. 구경이 넓으면 소리는 둔중해질 것이다. 결과는 내장의 섬세함과 투박함에 따라 달라지는데, 그 안이 꽉 차 있느냐 텅 비었느냐가 소리에 큰 영향을 미친

다. 요컨대, 속이 텅 비면 무언가로 들어차 있는 것보다 소리가 더 잘 울리는 이치와 같다.

　3. 소리의 차이를 만드는 세 번째 요인은 방귀 뀌는 사람의 힘과 기세다. 사람의 몸이 기운차게 방귀를 내뿜을수록, 그 음량이 크고 풍부해지는 건 당연한 이치다.

　이처럼 서로 다른 요인들이 작용해 소리의 다름을 초래하는 현상은, 예컨대 피리와 트럼펫, 플래절렛 같은 악기들을 면밀히 살펴보는 것으로도 쉽게 설명된다. 두꺼운 재질로 관이 넓게 제작된 피리는 낮고 어두운 소리를 낸다. 반면 얇은 재질로 통이 좁게 제작된 피리는 맑고 청명한 소리를 낸다. 만약 재질이 그 중간쯤 되고 관의 직경 또한 중간 정도인 피리는 소리 역시 어중간하기 마련이다. 방귀 뀌는 사람의 신체 조건을 통해서도 같은 식의 설명이 가능하다. 예를 들어, 호흡이 좋은 사람이 트럼펫을 불면 틀림없이 매우 힘찬 소리를 낼 수 있을 것이다. 반면 호흡이 약하고 짧을 경우, 그 반대의 현상이 벌어질 것이다. 그런 뜻에서, 관악기는 사람의 방귀 소리를 저울질하기에 아주 유용한 도구라고 할 수 있다. 관악기를 관찰함으로써 방귀 소리의 편차에 관하여 대단히 신뢰할 만한 예측이 가능할 거란 얘기다. 오, 경외하는 피리여, 부드러운 플래절렛이여, 장중하신 사냥 뿔나팔이시여! 누가 그대들을 엉터리로 분다면, 제아무리 멋져 보이는 악기라 해도 그대들은 『방귀의 예술』 같은 책에나 이름을 올리는 신세가 되리로다. 반면, 능숙한 입이 잘만 불어 주면, 꿰뚫는 듯 화통하거나 진중한 소리의 주인공이 될 수도 있을 것이다. 그러니, 악사들이여, 한번 입에 댄 악기는 제대로 본때 있게 불도록 하시라!

7

음악적인 문제 : 방귀가 음악에 속할 수 있는가?

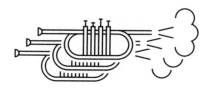

독일의 어느 학자가 대단히 난해한 문제 하나를 제시했는데, 그 내용은 이렇다. 사람의 방귀가 음악적일 수 있는가? 굳이 대답하자면, 다중방귀는 음악적이라 할 수 있지만, 다른 것은 그렇지 않다.

물론 다중방귀가 만들어 내는 음악은 바이올린이라든가 기타, 피아노 같은 악기를 통하거나 사람의 목소리에서 나는 음악과는 많이 다르다. 그것은 항문 괄약근의 기능에만 전적으로 의존하는데, 그 근육이 좁아졌다 넓어졌다 하면서 날카롭고 높은 소리와 낮고 굵은 소리를 내는 것이다. 그래도 그 음악은 공기의 흐름에 의한 것이고, 위에서 언급했다시피, 피리나 트럼펫, 플래절렛의 소리와 비슷하다고 할 수 있다. 다만, 방귀의 분류 작업에서 보았듯, 그런 음악이나마 만들어 낼 수 있는 것은 다중방귀뿐이다. 어쨌든, 방귀에 음악적 요소가 있다는 것은 사실인 셈이다. 이제 살펴보게 될 사례가 그 문제를 보다 명확히 해 줄 것으로 기대한다.

내가 학교 다닐 때 일이다. 친구로 지내던 두 개구쟁이 녀석이 제각각 묘한 재주를 부리며 놀곤 했는데, 한 녀석이 각양각색 톤으로 트림을 해 대면 다른 녀석은 마찬가지로 방귀를 뀌어 대는 것이었다. 특히 방귀를 뀌는 녀석은 좀 더 섬세하고 우아한 효과를 내겠다며 치즈를 거르는 작은 체를 활용하기도 했는데, 거기에 종이를 한 장 덧댄 뒤, 그 위에 맨 엉덩이를 배배 꼬며 앉아 온갖 종류의 유기적인 음향을 만들어 냈다. 솔직히 말해, 그다지 듣기 좋은 음악은 아니었고 음향 조정도 능란한 편이 못 되긴 했다. 아마 그런 식의 합주에 맞춰 노래까지 부를 수 있다는 것은 상상하기가 그리 쉽지 않을 것이다. 방귀 소리에 맞춰 카운터테

너와 테너, 베이스와 바리톤에 이르기까지 적절한 음역대별로 조화롭게 노래를 곁들인다고 생각해 보시라! 그럼에도 불구하고 나는 감히 주장하건대, 유능한 마에스트로라면 기존의 작곡 기법에 보태, 후대까지 길이 남을 독창적인 음악 체계를 그로부터 얼마든지 끄집어낼 수 있을 거라고 생각한다. 어엿한 피타고라스 음률로서, 이를 앙다물어 반음을 만들어 내는 음 체계 말이다……

앞서 제시한 개념과 원리를 벗어나지만 않는다면 충분히 가능한 일이다. 횃불과 나침반이라도 필요할 것 같은 이런 선구적 작업에는 각자의 기질과 체질이 큰 변수가 되기 마련이다. 날카로운 소리를 얻고 싶은가? 연한 가스를 가득 머금은 몸뚱어리와 좁다란 항문의 소유자를 찾아보라. 두 배는 더 굵직한 소리를 원하는가? 진한 가스로 가득 찬 복부와 넓은 배관을 장착한 신체의 소유자를 알아보는 게 좋을 것이다. 건조한 가스로 채워진 자루로는 맑은 소리밖에 낼 수 없을 것이며, 다습한 가스로 채워진 자루에서는 낮고 어두운 소리만을 얻어내게 될 것이다. 간단히 말해, 인간의 하복부는 다양한 소리를 내는 일종의 오르간으로, 마치 가게에서 물건을 고르듯, 그로부터 적어도 열두 음정 내지는 여러 가지 소리의 양태를 어렵지 않게 추출해 볼 수 있다. 문제는, 장식적으로 활용될 소리들만을 거기서 골라내는 일일 터. 그러지 않고 각종 소리를 무분별하게 끌어다 대려고 하면, 결국 소리가 점점 줄어드는 현상이 벌어져 나중에는 전혀 귀에 들어오지도 않을뿐더러, 날카롭거나 둔중한 소리들이 한꺼번에 새어 나와 듣기 거북스럽고 맥 빠진 음악을 초래하기 일쑤다. 이런 부적절한 현상을 경계하라는 뜻으로 아주 적절한 철학적 격언을 하나 소개한다. '지나치게 민감하면 감각을 해치기 마련이다.'a sensibili in supremo grau destruitur sensibile. 적당한 조절에 유념하기만 하면, 얼마든지 즐거운 음들을 누릴 수 있을 것이다. 그러지 않으면, 샤푸즈●라든가, 캐나다의 나이아가라 혹은 몽모랑시의 폭포처럼, 사람 귀를 먹먹하게 만들어, 여자들 애까지 떨어지게 만들 만큼 요란한 소리로 듣는 이를 기겁하게 만들지 모른다.

　　그렇더라도 소리가 너무 작아, 듣는 이로 하여금 지나치게 애를 쓰고 주의를 집중하게 만들어 지치게 해서는 안 된다. 요컨대, 중용을 유지하는 것이 관건이다.

　　세상 만물에는 중간이라는 것이 있으며,

　　항상 넘어서는 안 되는 한계라는 것이 있는 법이다.

　　● 라인 강변의 지명. 폭포가 유명.

Est modus in rebus, sunt certi denique fines,

Quos ultra citraque nequit consistere rectum.

호라티우스의 이 충고를 귀담아듣는다면, 언제나 좋은 성과를 거두어 환영받을 것이다.

마지막으로 나는 자연의 횡포에 희생당한 사람의 입장까지 돌아보자는 뜻에서, 귀머거리도 이 음악을 즐길 수 있도록 묘책을 하나 공개하기로 하겠다.

귀머거리는 곰방대 머리 부분을 방귀 연주자의 항문에 대고, 나머지 끝을 자기 이 사이에 문다. 이제 운만 따라 준다면 그는 방귀 소리의 은은한 정도와 그 규모, 간격까지 죄다 파악하게 될 것이다. 그와 같은 사례들을 우리는 제롤라모 카르다노●● 와 나폴리의 지암바티스타 델라 포르타 ●●●에게서 일부 확인할 수 있다. 물론 귀머거리가 아닌 사람도 그와 같은 즐거움을 맛보고 싶다면, 얼마든지 같은 시도를 할 수 있다. 어쩌면 원하는 이상의 만족과 환락을 얻을 수 있을지도 모른다……. ●●●●

●● 르네상스의 대표적인 이탈리아 수학자, 철학자, 자연과학자, 작가이자 도박사.
●●● 이탈리아의 박학자, 작가.
●●●● 이를테면 46쪽의 '전리품.'

{2}

방귀가 초래하는 여러 결과

1

소리 없는 도둑방귀와 관련한 예측과 진단

이제 그만 떠들어 대고, 말없이 이해해 보자. 흔히 '도둑방귀'라 부르는 소리 없는 방귀는 종종 매우 습한 소량의 가스로 이루어지는 특징을 갖고 있다. 라틴어로 visia, 독일어로는 feisten, 영어로는 fitch 또는 vetch라 칭하는 것이 바로 이 방귀다.

도둑방귀는 건조하거나 설사기가 섞여 있기 마련이다. 방귀는 건조할 경우, 아무 소리 없이 방출되면서 걸쭉한 물질을 전혀 동반하지 않는다. 반면 설사기가 섞인 경우는, 역시 과묵한 편이지만, 다소 축축한 물질과 함께 방출된다. 도둑방귀는 화살이나 번개처럼 잽싼 면이 있지만, 그역한 냄새 때문에 사람들이 모인 곳에선 용납되기가 쉽지않다. 방귀를 뀐 다음 속옷을 살펴보면, 거기 찍힌 '범행'의자국을 확인할 수 있을 것이다. 동일 음절 속에서 묵음에유음이 결합될 경우 단모음 현상이 일어난다는 건 장 데포테르*가 확립한 규칙이다. 이는 곧 설사기 있는 도둑방귀역시 무척 신속한 방식으로 방출됨을 의미한다. 나는 어디선가 이런 일화를 읽은 적이 있다. 라틴 지방의 어느 마귀가 하루는 시원한 방귀를 한 방 뀌고 싶었단다. 그런데 그만 설사기 있는 도둑방귀를 뀌게 되었고, 입고 있던 반바지를 엉망으로 만들고 말았다. 결국 예기치 않게 배설물이 새어 나온 것을 통탄해하며 버럭 외치기를, "세상에 믿을 것하나 없다더니!"Nusquam tuta fides 하더라는 것이다. 따라서 이런 유의 방귀를 걱정할 만한 경우엔, 무조건 바지부터 내리고 셔츠를 올려 대기하는 것이 장땡임은 물론이다. 그렇게대처를 잘한다면, 필경 신중과 선견지명을 갖춘 현명한 사람으로 보아도 틀림없으리라.

설사기 있는 도둑방귀가 아무 소리 없이 비어져 나오

　　　● 15세기 라틴어 문법학자.

는 건, 방귀에 가스가 많이 포함되지 않았다는 징표다. 아울러 그에 섞여 나오는 축축한 배설물이야말로 건강에 대한 자신감을 부여해 주는 요소다. 요컨대, 방귀의 재료가 무르익을 만큼 숙성했으며, 이제 복부와 장을 비워 낼 차례가 되었음을 말해 주는 신호인 것이다. "이제 막 나올 것 같은 똥은 도저히 감당이 안 되는 짐이다"Maturum stercus est importabile pondus라는 격언도 있지 않은가!

변소에 가고 싶은 욕구야말로 세상에서 가장 무거운 '짐'이라 할 것이다. 그건 모든 걸 제쳐 놓고 신속하게 충족시켜야만 할 욕구다. 그걸 등한시하면, 앞서 예를 든 라틴 지방의 마귀처럼 난처한 상황에 봉착할 테니까 말이다.

2

일부러 꾸며 내는 방귀와 자기도 모르게 새어 나오는 방귀

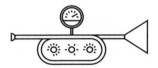

함께 살거나 같은 침대를 사용하는 사이가 아닌 이상, 점잖은 사람들끼리 일부러 꾸며서 방귀를 뀌는 일은 거의 없다. 반면, 그저 웃자는 뜻이거나 누굴 쫓아내려고 그런 방귀를 뀔 수는 있는데, 풍성하게 빵빵거리는 그 방귀를 장포長砲소리와 혼동하지 않을 사람은 아무도 없을 것이다. 내가 아는 한 부인은 속옷으로 자신의 항문을 틀어막은 다음, 방금 불이 꺼진 양초 가까이 다가가더니만 아무 소리 없는 방귀를 천천히 뀌어 댔다. 한데, 기가 막히게도 차츰 그 양초가 다시 불붙기 시작하는 게 아닌가. 그걸 흉내 내려고 똑같은 시도를 한 또 다른 부인은 성공하지 못했고 말이다. 이분이 방귀를 들이댄 심지는 한동안 불티 상태로 잦아들더니 이내 허공 속에 흩어져 버렸고, 그 바람에 엉덩이만 데고 말았다. 아무렴, 욕심만 갖는다고 무슨 일이든 다 이루어지는 건 아닐 터. 근데, 보다 앙증맞은 장난은 도둑방귀가 나올 때 손을 모아 그걸 받아서 함께 잤던 사람의 코에 들이대는 것이다. 그렇게 함으로써 방귀의 맛과 종류를 알아맞혀 보라는 뜻이다.

자기도 모르게 새어 나오는 방귀는 글자 그대로 방귀 뀌는 사람의 의지와는 무관하게 새어 나오는데, 보통 등을 대고 눕거나 허리를 굽힐 경우, 갑자기 웃음을 터뜨리는 순간, 혹은 불현듯 두려움을 느낄 때 바깥으로 배출된다. 이런 유의 방귀는 대개 너그러이 보아 넘기는 게 보통이다.

3

도둑방귀 혹은 방귀의 유용성

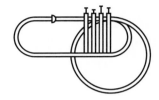

방귀의 원인에 대해 이야기해 봤으니, 이제 남은 건 그로 인한 결과 몇 가지를 짚고 넘어가는 일이다. 방귀의 다양한 성질들은 크게 두 가지로 분류될 수 있는데, 간단히 말해 좋은 것과 나쁜 것이다.

모든 좋은 방귀는 그 자체로 건강에 도움이 된다고 할 수 있다. 그만큼 불편한 가스를 몸 밖으로 배출하는 것이니 말이다. 이 같은 방귀의 방출은 몇 가지 질환을 피하게 해

준다. 예컨대 우울증이랄지, 화병, 복통, 급성 경련, 토분증 吐奮症 등등.

　반대로 뭉친 가스가 적절한 배출구를 찾지 못하고 통로를 거슬러 오르기라도 하는 날엔, 그 속에 함유된 엄청난 양의 습기가 뇌를 자극하는 일이 발생한다. 결국 정신에 악영향을 미쳐, 사람을 우울하게 만들거나 격분하게끔 하고, 아주 안 좋은 여타 질병에 시달리게도 만든다. 그뿐만 아니라, 그 음울한 기운의 증류 작용으로 인한 뇌의 충혈 현상이 점점 하강하면서, 의사들이 흔히 얘기하듯, 기침이나 설사 정도로 넘어간다면 다행으로 여겨야 할 판이다. 여하튼, 학문적 이론에 거부감을 가진 나머지 그걸 실제 상황에 적용할 줄 모르는 것보다 더 큰 악은 없다고 나는 생각한다. 그러니 친애하는 독자여, 방귀를 뀌고 싶은 욕구가 생기거들랑 가급적 신속하게 해소하도록 노력해 보자. 가스로 인해 초래되는 약간의 불편함이라도 절대 그냥 방치해선 안 된다. 다소 소란스러움을 감수하더라도, 체내 가스는 잽싸게 배출해 신체적 정신적 불편함에서 벗어나는 걸 미루지 말자. 그래야 조울증이랄지, 기타 광증에 사로잡히는 위험을 피할 수 있다.

　독자여, 나처럼 그대도 이런 원리에서 생각해 보시라.

각자 나름대로 방귀 뀌는 데 따르는 효용성이 있기 마련이라고. 아마 실제로 방귀를 뀌어 봄으로써 직접 느끼게 될 이점만으로도 충분히 그 사실에 수긍할 것이며, 방귀를 참음으로써 위험한 상황에까지 이른 사람들 얘기를 듣다 보면 더 이상 토를 달 엄두를 내지 못할 것이다.

이를테면 이런 사례가 있다. 많은 사람들과 한자리에 있던 어느 부인이 옆구리에 갑작스럽게 통증을 느꼈다고 한다. 깜짝 놀란 그녀는 자신이 주인공이나 다름없는 모임의 자리를 박차고 나올 수밖에 없었고, 다들 그런 사태에 당황하는 가운데, 심지어 부인을 돕기 위해 뒤따라 나서는 사람까지 생기는 상황이었다. 급하게 불려 온 '히포크라테스의 제자들'이 머리를 맞대고 문제의 원인을 검토하기 시작했다. 이런저런 권위자들 이름까지 들먹이는 가운데, 급기야 부인의 평소 행동과 식습관을 조사하게 되었다. 결국 당사자를 직접 검사하자, 그녀가 급한 방귀를 무리하게 참았다는 사실이 밝혀졌다.

가스가 많이 발생하는 체질을 가진 또 다른 여인의 경우, 무려 열두 차례나 연속적으로 나오려는 방귀를 참은 사례가 있는데, 그야말로 장시간 스스로를 고문한 거나 마찬가지였다. 어쨌든 그러고 나서 잘 차려진 식탁 앞에 착석하게 된 그녀한테 과연 어떤 일이 벌어졌겠는가? 진수성찬에 손 하나 못 댄 채, 눈으로만 탐식을 했다는 후문이다. 그도 그럴 것이, 이미 가스로 터질 듯 부푼 배 속으로는 그 어떤 음식물도 들어갈 수가 없었던 것이다.

실컷 멋이나 부리고 다니는 사내 한 명과 깍듯하기 그 지없는 사제 그리고 어느 진지한 법관 한 명, 이렇게 세 사람은 저마다 자기 방식대로 가식적인 태도가 몸에 밴 사람들이었다. 하루는 셋이 하나같이 자기 몸뚱어리를 무슨 '아이올로스의 동굴'인 양 착각했는지, 복부에 가스를 잔뜩 머금게 되었다고 한다. 한 명은 한참 멋을 부리느라, 또 한 명은 현학적인 대담을 하는 동안, 마지막 한 사람은 지루한 장광설을 늘어놓는 사이에 그랬다는 것이다. 아니나 다를까, 머잖아 세 명 모두 내장이 격렬히 요동치는 걸 감지했지만, 티를 내지 않기 위해 완강히 버텼다. 그들 중 어느 누구도 미세하게나마 체내의 가스를 밖으로 방출하지 않았다. 그 결과 어떤 약으로도 진정되지 않을 극심한 복통이 밀려왔고, 세 사람 모두 거의 초주검 상태가 되어 버렸다고 한다.

그런데 독자여, 제때 방출한 방귀가 가져다줄 이로운 점들은 얼마나 많은가! 그런 방귀 한번 내지르면 중병의 온갖 증상이 깨끗이 사라지고 만다. 갖가지 걱정 근심을 일소할 뿐 아니라, 다소 긴장한 심리 상태까지 편안하게 만들어 준다. 스스로 병에 걸렸다는 생각이 들 때 일찌감치 '갈레노스● 신봉자들'에게 도움을 청하면, 그들은 무엇보다 방귀를 대차게 한번 뀌어 보도록 조언하고, 그로 인해 쉽게 치유된 감을 얻은 환자는 결국 의학의 신기한 효험에 깊은 감사의 뜻을 표하기 마련이다.

그런가 하면, 배 속에 엄청난 중량감을 느껴 잠에서 깨어나는 경우가 있는데, 그렇다고 전날 지나치게 무얼 먹고 마신 것도 아니다. 더부룩한 속 때문에 아무런 음식 생각도 없이, 하루 종일 마냥 놀라고 초조할 따름이다. 마침내 밤이 찾아오면, 이젠 잠이라도 도중에 깨지 않고 잘 수 있기만을 바랄 뿐이다. 그런데 잠자리에 드는 바로 그 순간, 갑작스럽게 아랫배가 요동치기 시작하는데, 마치 잔뜩 화가 난 내장이 투정이라도 부리는 것 같은 기분이다. 그렇게 잠시 이어지던 복통 끝에 난데없는 방귀가 대차게 터져 나온다. 끙끙 앓던 사람은 언제 그랬냐 싶게 멀쩡한 상태가 되고, 그간 치른 고생이 어리둥절할 뿐이다.

편견의 노예가 되어 사는 한 여인은 방귀의 이로운 점에 대해 눈곱만큼도 아는 것이 없었다. 그녀는 열두 살 때

● 고대 로마 시대의 의학자, 철학자.

부터 지병에 시달렸는데, 이는 어쩌면 그릇된 의학에 희생당해 왔다고 하는 편이 더 옳을지 모른다. 온갖 치료법을 다 써 봤지만 아무런 소용이 없었으니 말이다. 그러던 중 방귀의 유용함에 대해 알게 되었고, 그때부터 자유롭게, 툭 하면 방귀를 뀌게 되었다. 그러자 더 이상 질병도 고통도 없더라는 얘기다. 건강이라는 것이 더는 어려운 과제가 아니었고, 그녀의 몸 상태는 거의 완벽한 경지에 이르렀다고 한다.

이상의 사례들만 보아도 방귀가 각 개인에게 가져다주는 이득이 얼마나 대단한 수준인가를 느낄 수 있다. 이런 이야기들을 접한 뒤에도 과연 누가 방귀의 효용성에 대해 이의를 제기할 수 있겠는가! 가령 설사기가 섞인 도둑방귀가 그 해로운 성질 때문에 사회적 물의를 빚는 반면, 깔끔하게 터져 나오는 방귀는 그것의 해독제나 마찬가지 역할을 한다. 시원한 방귀는 도둑방귀의 설사 기운을 깨끗이 일소할뿐더러, 그것이 몸 밖으로 배출되는 것을 처음부터 차단한다. 지금까지 살펴본 자연스러운 방귀와 설사기 섞인 부자연스러운 방귀의 개념을 돌이켜 보건대, 후자는 전자를 방출하지 않으려 공연한 애를 쓸 경우에만 발생하는 것이 분명하다. 결과적으로 방귀를 마음껏 뀌기만 한다면 설사기 섞인 도둑방귀는 애당초 구경조차 할 일이 없을 거라는 얘기다.

4
방귀가 사회에 가져다주는 이득

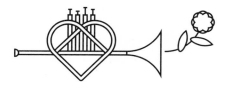

　　위대한 클라우디우스 황제는 자나 깨나 신하들의 건강을 염려했다고 한다. 한데, 임금 앞에서 방귀를 뀌느니 차라리 죽어 버리는 게 낫다는 생각을 할 정도로 일부 신하들의 조심성이 지나치며, 실제로 그중 몇몇은 그로 인해 끔찍한 복통을 앓다가 사망에 이르렀다는 사실을 알게 된 황제는 칙령을 공포해, 모든 신하가 방귀를 자유롭게 뀔 수 있도록 했을 뿐 아니라, 명쾌하게만 뀐다면 식탁 앞에서

도 얼마든지 방귀를 허용하게끔 조처했다. 필경 그의 이름 클라우디우스가 라틴어로 '닫다'라는 뜻을 가진 클라우데레claudere로부터 유래되었다는 점은 우연이 아닐 것이다. 결국, 그동안 닫혀 있었던 방귀의 통로를 활짝 열어젖힌 그의 공로가 이름을 통해서나마 오늘날까지 반어적으로 환기되고 있으니 말이다.

보통 방귀를 점잖지 못한 것으로 치부하는 태도는 원칙적으로 사람들의 변덕과 기분에 좌우되는 편견일 뿐이다. 방귀는 미풍양속에 전혀 위배되지 않으며, 방귀를 허용한다고 해서 절대로 위험한 것이 아니다. 오히려 점잖은 모임을 비롯한 여러 장소에서 자유롭게 방귀를 뀌는 사례는 허다하며, 그것에 대해 일말의 가책을 기대한다면 그거야 말로 대단히 가혹한 처사라 할 수 있다.

캉에서 사오십 리 떨어진 어느 교구에서는 한 개인 당 일 년에 한 번의 방귀만을 뀌도록 규정한 봉건적 법률이 오랜 기간 통용되어 왔다.

이집트인들은 이른바 방귀의 신을 만들었는데, 그 신의 모습이 아직까지도 여러 방에 벽화 형태로 남아 있다.

고대인들은 다소 요란하게 방귀를 뀐 다음, 그로부터 맑거나 비 오는 날씨를 알아맞혔다고 한다.

펠루즈● 사람들 역시 방귀를 좋아한다. 그곳에서 방귀를 뀌는 행위는 가장 점잖게 격식을 갖춘 예의범절에 속한다. 봉신이 주군에게 바치는 존경심의 발로로 취급되니 말이다.

사회에 미치는 방귀의 이로운 점들에 관한 사례는 이밖에도 무수히 많다.

자고로 사람이 모이는 곳이라면 어디든 방귀 한 방으로 무력화시킬 수 있는 꼴불견들이 있는 법이다. 예컨대, 잘난 척하는 게 일종의 취미인 어떤 겉멋 든 인간이 무려 한 시간 동안이나 제 자랑을 늘어놓아 주위 사람들을 곤혹스럽게 만드는 중이라 치자. 이때 난데없이 비어져 나오는 방귀는 그의 입을 다물게 할 뿐 아니라, 사람들을 정신 차리게 해서 공동의 적에 효율적으로 대처할 여유를 갖게 해 준다. 방귀로 인해 얻을 수 있는 현실적 이득은 더 있다. 사회에서 인간관계를 이어 주는 가장 매력적인 수단이 대화라면, 방귀는 그 대화의 문을 열어 주는 기막힌 계기로 작용하기도 한다. 어느 번지르르한 모임에 무려 두 시간 동안이나 답답한 침묵이 계속되고 있었다. 그중 일부는 공연히 점잔 빼느라 입을 다물었고, 다른 사람들은 조심하느라 그랬으며, 나머지는 별로 아는 게 없어서 침묵을 지키는 것이

● 나일강 유역 지명.

었다. 급기야 사람들은 말 한마디 없이 각자 자리를 뜰 채비를 하고 있었다. 이때 느닷없는 방귀 소리가 터져 나왔고, 곧이어 사람들의 웅성거림이 이는가 싶더니, 그로부터 홍겨우면서도 열정적인 대화가 시작되는 것이었다. 요컨대, 사람이 여럿 모인 자리에서의 어색한 침묵이 종식되고, 활발한 대화의 장이 열리는 것까지도 전적으로 방귀 한 방의 덕분일 수 있다는 얘기다.

　방귀 소리가 들림으로써 웃음꽃이 피어나는 상황은 방귀가 이 사회에 어떤 순기능을 할 수 있는지 여실히 보여준다. 갑작스럽게 터져 나오는 방귀 소리 앞에서는 제아무리 심각한 사람도 이내 그 무거운 기색을 풀게 되어 있다. 그 앞에서 끝끝내 점잔 빼며 버틸 수 있는 사람은 없다. 난데없이 솟구치는 명쾌한 방귀의 음향은 둔감한 정신 상태를 일거에 뒤흔들어 놓는다. 철학자들끼리 그럴듯한 격언을 늘어놓으며 무언가에 잔뜩 골몰하는 분위기도 누군가의 방귀 한 방으로 걷잡을 수 없이 흐트러지고 만다. 너 나 할 것 없이 포복절도하는 가운데, 인간의 자연스러운 본성이 모처럼 막힌 데 없이 터져 나온다. 그만큼, 이들 특출한 지성의 소유자들은 평소 자연스러운 인간미와는 거리가 멀었던 것이다.

혹시라도 방귀가 유발하는 웃음이 진정한 유쾌함의 표시라기보다는 일종의 비웃음에 불과하다고 말할 사람이 있을지 모르겠다. 그러나 분명한 건, 때와 장소를 가리지 않고 작동하는 희극적 요소가 방귀 속에 담겨 있다는 사실이다.

환자 곁에 가족이 눈물을 흘리며 지켜 앉아 있다. 그들은 조만간 가장 혹은 아들, 아니면 형제가 세상을 뜰 그 숙명의 순간을 앞두고 있다. 그런데 어느 순간 환자의 몸에서 요란한 방귀 소리가 터져 나오고, 그와 동시에 사람들의 마음속에선 슬픔의 그림자 대신 희망의 불빛이 반짝하고 피어오른다. 적어도 그들 입가엔 소리 없는 미소가 살포시 피어난다. 죽음을 앞둔 사람을 놓고 다들 슬픔에 허덕이는 분위기에서조차 마음을 홍겹게 해 주고 심적 여유를 불어넣을 정도의 위력이라면 대단한 것 아니겠는가! 실제로 방귀는 다양한 변조가 가능하기에 그로 인해 얻는 즐거움도 얼마든지 다채로워질 수 있으며, 그만큼 보편적인 효력을 발휘할 수 있다. 이를테면 다급하고 과격하게 뀌는 방귀는 마치 총포 소리를 흉내 내는 것 같아, 군인을 즐겁게 해 줄 수 있다. 반대로 통로에서부터 다소 굼뜬 속도로 빠져나오다가, 결정적으로 두 볼기짝에 짓눌려 출구가 막히는 바람에 마지못해 비어져 나오는 방귀는 나름대로 절묘한 악기의 기교를 모방할 수 있다. 가끔은 요란한 소리를 터뜨리다가 틈틈이 유연하고 부드러운 변조를 가미해 간다면, 아주 민감한 영혼은 물론이거니와 거의 모든 사람의 마음을 즐겁게 해 줄 것이 틀림없다. 음악에 반응하지 않을 사람은 없을 테니까 말이다.

이처럼 방귀의 즐거움과 그 유용성이 낱낱이 예시되고, 소위 무례한 행태라는 세간의 편견마저 불식된 마당에, 누가 그 가치를 부정할 수 있겠는가! 대개의 경우 허용되고 심지어 환영받는가 하면, 편견이 지배하는 분위기 속에서만 금기시되는 이 방귀라는 생리 현상에 감히 누가 불경스럽다는 딱지를 붙이겠는가! 조화로운 소리를 통해 청각을 건드릴 뿐이며, 가끔 후각을 자극할 때조차 무슨 해로운 증기를 내뿜는 것이 아니기에, 딱히 예의범절이나 미풍양속, 나아가 위생에 저해가 된다고도 볼 수 없지 않은가! 때로는 병에 대한 걱정을 없애 줌으로써 크나큰 위안을 가져다주기에, 사람에 따라 지극히 이로울 수도 있는 이 방귀에 대해 최소한 초연한 마음으로 접근할 수는 없겠는가! 편견에 사로잡혀 날뛰는 자들을 단번에 무찔러 버리고, 뀌는 곳마다 웃음을 선사해 항상 즐거운 분위기를 만들어 주는 방귀에게 사회가 고마운 마음이라도 가져야 옳지 않겠는가!

편견을 가진 사람들을 배려해 방귀를 감추는 방법

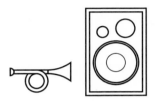

고대인들은 방귀쟁이들을 구박하기는커녕, 개의치 않고 방귀를 뀔 수 있도록 용기를 북돋아 주었다. 당대 가장 정화된 사상을 표방한 스토아 철학자들은 인간의 삶에 꼭 필요한 원칙이 바로 초연해지는 데 있다고 말해 왔다. 그에 전적으로 공감한 나머지, 키케로를 비롯하여 탁월한 철학자들은 인생의 행복을 끙끙대며 고민하는 여타 학파들을 제쳐 놓고 유독 스토아주의를 그토록 신봉했던 것이다.

반론의 여지가 없는 논증을 통해 반대파들은 하나같이 설복당했고, 결국에는 위생 원칙 중에서 방귀뿐만 아니라 트림까지도 자유롭게 방출하는 것이 좋다는 사실을 인정하지 않을 수 없게 되었다. 논증의 내용은 키케로의 『서한집』 제9권에 자세히 나와 있는데, 그중에서도 다음과 같은 권고는 특히 주목할 만하다. 즉 매사 본성이 요구하는 대로 행동해야만 한다는 내용 말이다. 이처럼 훌륭한 교훈을 그대로 따르다 보면, 정숙함이랄지 예절을 빙자한 점잔 떨기는 더 이상 내세울 수칙이 못 된다는 것을 알 수 있다. 제아무리 그런 것들에 관심을 가져야 한다고 해도, 생명 자체나 건강을 유지하는 일보다 그것이 우선할 수는 없기 때문이다.

그럼에도 불구하고 편견에 워낙 깊이 사로잡혀 거기서 벗어나기 힘들어하는 사람이 있다면, 우리는 그에게 애써 방귀를 참으라고 하기보다는, 방귀를 뀌면서도 슬그머니 위장하는 방법을 권할 것이다.

이를테면 방귀가 나오는 순간, '어험, 흠' 따위의 헛기침을 같이 해 보라. 만약에 폐가 별로 튼튼하지 못하다면, 크게 재채기하는 척이라도 하는 거다. 그럼 함께 있던 사람들이 그런 행동을 달가워하고, 좋은 말로 칭찬해 줄 것이다. 만약 세련되게 헛기침이나 재채기를 할 자신이 없다면,

차라리 요란하게 침을 뱉는다든지, 의자를 소리 나게 움직여 본다. 어쨌든 방귀소리를 감출 만한 모종의 소리를 내는 것이다. 만에 하나 그 어떤 것도 할 수 없는 상황이라면, 볼기짝을 강하게 오므린다. 그러면 항문 근육이 함께 조여지고, 그에 따라 왕성하게 배출될 뻔한 가스가 연약하고 힘없는 상태로 변할 수 있다. 단, 이렇게 억지로 배출의 강도를 줄이다 보면 청각적 고통은 면할 수 있을지언정, 후각적으로는 더욱 악화된 결과를 낳을 수도 있다. 부르소●의 『세련미 넘치는 메르쿠리우스』Mercure galant에 나오는 수수께끼처럼 말이다.

> 내 몸은 눈에 보이지 않아요.
> 나는 저 아래쪽에서 내 존재를 끄집어낸답니다.
> 내가 누구인지, 어디에서 나오는지는
> 차마 말해 줄 수 없어요.
> 그렇다고 빠져나갈 자유를 내게서 앗아 간다면,
> 난 한바탕 재주를 부릴 겁니다.
> 원래는 씩씩한 녀석이었지만,
> 요망한 계집으로 슬그머니 둔갑할 거라고요.

● 몰리에르와 동시대 극작가.

요컨대 제아무리 용을 쓰고 재주를 부려도 결국 그 당사자가 피해를 보는 것은 어쩔 수 없는 사실이다. 앞서 자세하게 설명한 대로, 방귀를 억제함으로써 발생할 온갖 해악을 피할 수 없기 때문이다.

　　무리하게 참다가 훨씬 더 심각한 결례를 범하는 경우는 허다하다. 방귀를 참음으로써 일어나는 복통은 정말 견디기 어려운 법이어서, 급기야는 주체 못 할 다량의 가스를 연속적으로 배출해 더 큰 웃음거리로 전락할 수가 있다. 마르티알리스●가 전하는 얘기처럼, 아에톤●●이 유피테르 앞에서 범한 실수가 바로 그런 식이었다. 고대인들의 관습에 따라 유피테르께 깊이 허리 숙여 예를 올리는 순간, 엄청난 방귀를 터뜨리는 바람에 신전 전체가 들썩거렸다지 않은가!

6

방귀의 징후들

크게 세 가지로 나뉘어 볼 수 있는데, 논리적으로 따져 보아야 알 수 있는 경우와 필연적인 경우, 개연성으로 점칠 수 있는 경우가 있다.

논리적으로 따져 볼 징후는 일단 원인이 드러나 있고, 그걸로 미루어 방귀의 발생을 예고할 만한 경우에 해당한 다. 이를테면 완두콩이랄지 포도, 무화과 등 여타 채소류 를 먹고, 달콤한 포도주를 마신 뒤, 아내나 정부를 품은 사람은 곧이어 가스의 폭발을 기대해도 좋을 것이다. 필연적이라 볼 수 있는 징후는 하나가 다른 하나에 잇달아 나타나는 경우다. 방귀의 지독한 냄새라든가, 그 요란한 소리 같은 것 말이다. 마지막으로, 개연성으로 점칠 수 있는 징후는 모든 방귀에 늘 수반하지는 않는다. 예컨대 인상을 찌푸린다든가, 배에서 나는 소리, 방귀를 들키지 않으려고 헛기침 혹은 재채기를 한다거나 발을 구르고, 의자를 삐걱거리는 따위 말이다.

어린이와 노인에게는 방귀 뀌는 걸 부끄러워하지 않는 습관을 갖도록 일찌감치 깨우쳐 주는 것이 좋다. 오히려 누구보다 먼저 웃어서 대화를 즐겁게 풀어 나가는 데 도움이 되는 편이 낫다고 말이다.

한편, 오줌을 누는 동안 방귀를 뀌는 것이 해로운 행동인지 양호한 행동인지에 대해서는 아직 이렇다 할 결정이 내려지지 않은 상태다. 나로 말하자면, 그것 역시 양호한 행동으로 생각하는데, "방귀와 더불어 오줌을 싸면 몸에 좋다"mingere cum bombis res est gratissima lumbis는 옛말이 왠지 근거 있게 다가오기 때문이다. 실제로 방귀 없이 오줌만 누는 건, 바다를 보지 않으면서 디에프•로 가는 것과 마찬가지라 할 수 있다. 반면, 오줌을 누고 나서 방귀가 나오는 것은 비교

• 프랑스 북서부의 항구 도시.

적 흔한 현상이다. 배 속에 들어찬 가스가 방광을 수축시켜 배뇨 작용을 돕고, 그 이후에 자신도 배출되는 일이 허다하기 때문이다.

7
방귀 뀌기를 원활하게 해 주는 방법과 치료제
주근깨 치료에 효험 있는 방귀 성분

세상에는 방귀를 잘 뀌지 못하거나 아주 어렵게 뀌는 사람들이 너무 많다. 그 결과 무수한 우환과 질병이 만연하고 있다. 이제 그런 사람들의 고통을 덜어 주기 위해, 방귀를 좀 더 쉽게 배출할 수 있는 몇 가지 방법을 소개하고자 한다. 이해하기 쉽도록 간단하게 요약하겠다.

배 속의 가스를 자극해 배출을 용이하게 하는 방법은 내적인 것과 외적인 것으로 나뉜다. 내적인 방법은 아니스

열매라든가, 회향 열매, 강황 뿌리 등, 장의 가스 배출을 돕고 발열을 촉진하는 약재를 복용하는 것이다. 외적인 방법은 관장이라든가 좌약을 시도해 보는 것이다. 두 가지 방법을 번갈아 시행하다 보면, 제아무리 고집스러운 가스라도 몸 바깥으로 터져 나오기 마련이다.

개중에는 방귀 소리 간에 특별한 유사성이라도 있는지 궁금해하는 사람들이 있다. 그것들을 적절히 결합해, 소위 '방귀 음악 앙상블'이라도 만들어 낼 수 있는지를 말이다. 그런가 하면 소리의 차이에 따라 얼마나 많은 종류의 방귀로 나뉠 수 있는지도 궁금해한다.

첫 번째 궁금증에 대해서는 한 유명 음악가가 아주 적절한 음악적 성공을 통해 답변을 내놓은 상태다. 그는 그런 식의 음악회를 계속해서 열기로 약속하고 있다. 두 번째 궁금증에 대해서는 소리를 기준으로 총 예순두 종류의 방귀가 있다고 대답한다. 카르다노에 의하면, 항문은 기본적으로 네 가지 스타일의 방귀 소리를 만들어 낼 수 있다고 하는데, 날카로운 소리와 굵은 소리, 조심스러운 소리와 자유분방한 소리가 그것이다. 이들 네 가지 스타일로부터 시작해 쉰여덟 가지의 새로운 방식이 파생되어, 처음 네 가지와 합해 서로 다른 양상의 예순두 종류 방귀 소리가 탄생하는 것이다. 생각 있으면 누구든 한번 확인해 보시라.

또 하나 사람들이 궁금해하는 것은, 과연 방귀를 화학적으로 걸러서 그 정수만을 뽑아낼 수 있느냐는 문제다. 그에 대한 대답은 긍정적이다. 최근 들어와, 방귀가 일종의 정기精氣로 이루어져 있음을 밝혀낸 약제사가 있으니 말이다. 증류기를 활용해 그가 행한 실험은 다음과 같았다.

우선 그는 이웃에 사는 아일랜드 여자한테 협조를 구했다. 여섯 명의 노새꾼이 파리에서 몽펠리에까지 이동하며 먹을 만한 양의 고기를 한끼 식사로 해치우는 여자였다. 주체할 수 없는 식욕과 간의 열기로 만신창이가 된 여자는 되는 대로 생활비를 벌어 살아가는 처지였다. 약제사는 그녀에게 원하는 만큼, 먹을 수 있는 양껏 고기를 대접했고, 그와 더불어 가스를 많이 생산하는 야채를 억지로 먹게 했다. 아울러, 미리 알리지 않고서는 방귀를 뀌지 못하도록 철저히 금지했다. 마침내 배에 가스가 차 방귀가 나올 즈음, 그는 진한 황산 용액을 추출할 때 사용하는 큼직한 용기의 주둥이를 여자의 항문에 정확하게 갖다 댔다. 그리고 장내 가스 촉진제와 아니스를 우려낸 물, 그 밖에 온갖 종류의 용액을 복용하게끔 해서 방귀가 나오도록 자극을 주었다. 실험은 바라는 만큼, 즉 풍성한 양의 방귀를 얻을 수 있게 진행되었다. 결국 약제사는 상당량의 방향성 기름 같은 물질을 얻어 냈고, 그것을 햇볕 잘 드는 곳에서 장시간 회전시켜 농축했다. 그렇게 해서 놀랄 만한 방귀의 정수가 생성되었다. 그 추출물 몇 방울만으로 주근깨가 말끔히 사라질 수 있다는 게 약제사의 생각이었다. 다음 날 아내의 얼굴에 곧바로 시도해 보았고, 그 즉시 주근깨가 흔적조차 없이 사라진 약제사의 아내는 척 봐도 백옥같이 하얘진 자신의 얼굴에 감탄을 금치 못했다고 한다. 바라건대 여인네들이 그 특효약을 많이들 애용해, 약제사가 대박이라도 났으면 좋겠다.

[에필로그]

몇몇 재미난 방귀에 관하여

'방귀의 예술'이라는 주제에 관해 더 이상 아쉬움이 남지 않도록, 우리는 지금까지 논의되지 못한 몇몇 방귀 목록을 이제라도 제시해 볼까 한다. 사실상 처음 본격적으로 다루어져서 별로 검증이 되지 못한 이런 소재일수록, 모든 준비를 갖추어 놓고 집필하기란 쉽지 않은 법이다. 이제부터 기술하게 될 내용 역시, 최근에 와서야 답지한 몇 가지 기록물을 살펴보고서야 소개가 가능해진 것이다. 우선 지방

에 경의를 표하는 뜻에서, '시골방귀'라는 것부터 소개하고
자 한다.

시골방귀

경험자들의 말에 의하면, 이 방귀는 파리에서 뀌는 방
귀처럼 세련되지도, 가식적으로 꾸미지도 않는다고 한다.
유난을 떨어 과시하지 않는 대신, 무척 풋풋하고 자연스러
우며 자연산 굴처럼 살짝 짭짤한 맛도 난다. 이 방귀는 사
람의 식욕을 돋운다.

부엌방귀

페테르부르크의 어느 덩치 큰 주부로부터 들은 얘기에
의하면, 이 방귀는 갓 뀐 상태에서 그 맛이 아주 기막히며,
따뜻한 온기를 머금은 동안에는 기분 좋게 씹는 맛까지 난
다는 것이다. 하지만 시간이 지날수록 그 맛을 잃어, 어쩔
수 없이 복용할 뿐인 환약처럼 느껴진다.

아마존족 방귀

아마존족의 섬에 관한 문헌을 보면, 그곳 여전사들의 방귀는 맛이 아주 회귀하면서 감미롭다고 한다. 그런 방귀는 오로지 그 지역에서만 맛볼 수 있다고 하는데, 정작 그곳 사람들은 그 말을 믿지 않는다.

무장용 방귀

콘스탄티노플 근방에서 발견된 병영 문서에는, 무장용 방귀의 냄새가 하도 지독해, 가까이서 맡는 것은 결코 좋지 않다고 기록되어 있다. 기어이 가까이하려면, 손에 검이라도 쥐고서 다가드는 편이 좋을 거라고 한다.

처녀방귀

무르익은 이 방귀의 맛은 한번 맡고 나면 잊히지 않고 자꾸 머릿속에서 생각나는 특징을 가졌다. 그래서 진정한 방귀 감별사들 사이에 더 없는 인기를 누린다고 한다.

유부녀방귀

이 방귀에 관해서는 상당한 양의 문헌이 확보되어 있다. 여기서는 일단 결론만 인용해, "그것이 서로 사랑하는 사이에서나 통할 맛을 지니"고 있으며, "실제 남편들은 보통 시큰둥하기 일쑤"라는 사실만 짚고 넘어간다.

부르주아 여성의 방귀

루앙과 캉의 중산층 시민들은 자기 아내가 뀌는 방귀에 대해 논문 형식의 긴 글을 보내왔다. 가급적 그 글을 샅샅이 인용해서 그들의 심정을 일일이 헤아리고 싶지만, 지면 관계상 그러지 못함을 유감스럽게 생각한다. 일반적으로 부르주아 여성이 뀌는 방귀는 그 양이 풍성하고 시기가 적절하기만 하면, 참 좋은 향내를 풍긴다는 점만을 지적하고 넘어가자.

시골 아낙의 방귀

시골 여자들의 방귀 뀌는 습성을 안 좋게 이야기하는 만담가들을 겨냥해서, 오를레앙 근방의 주민들이 일종의 반론을 보내왔다. 요지는 시골 아낙이 뀌는 방귀들은 무척 아름다우며, 그 자체로 양질良質의 방귀라는 얘기다. 그래 봤자 시골 아낙에게 어울리는 방귀이긴 하나 냄새가 아주 일품이고, 마치 버찌 한 알을 아무 부담 없이 꿀꺽 삼키듯, 안심하고 삼킬 수 있는 진정한 영양식과도 같다는 것이다. 테살리아 지방 템피 계곡의 양치기 소녀들은 자기들의 방귀 냄새가 진짜 방귀 냄새라는 의견을 전해 왔다. 말하자면 투박한 야생의 방귀 맛이 난다는 거다. 그 이유는 자기들 방귀가 백리향이나 꽃박하와 같은 향료만 진짜로 쳐주는 토양에서 빚어진 것이기 때문이란다. 그런 방귀를 불모의 흙에서 나고 자란 양치기들의 방귀와 비교해선 안 된다고 강변한다. 그러면서 진짜 방귀를 가짜 방귀로부터 실수 없이 식별하는 방법까지 귀띔해 줬는데, 집토끼와 산토끼를 구별할 때 생식기 냄새를 맡는 것과 마찬가지로, 바짝 코를 갖다 대고 킁킁 냄새 맡아 보면 다 알 수 있다고 한다.

할망구 방귀

이런 방귀를 거래하는 것 자체가 워낙 불쾌해서 도맡아 처리할 장사치를 도무지 찾을 수가 없다. 그래서 누구든 코를 갖다 대고 냄새 맡으려는 걸 막지 않을뿐더러, 방귀 자체가 공짜다.

빵집 방귀

르아브르의 어느 빵집 주인이 보내온 글 중 일부를 잠시 소개한다. "밀가루 반죽을 하는 동안 아랫배가 반죽 통에 눌리게 되는데, 그 바람에 방귀가 여러 갈래로 갈라지곤 한답니다. 어떨 때는 그것이 빵 바구니들처럼 주렁주렁 이어져, 단 한 방에 여남은 개의 방귀 맛까지 볼 수도 있지요." 정말이지 감칠맛 나는 묘사이면서도 충분히 이해할 수 있는 글이 아닌가.

도기공 방귀

제아무리 치장을 한다 해도 도기공 티는 나게 마련이

다. 일단 그들의 방귀는 더럽고, 냄새나며, 뭐가 묻기 일쑤다. 손이 더러워질까 봐 방귀를 만질 수가 없다.

재봉사 방귀

맵시도 있고 자두 맛이 나지만, 알맹이가 있을지 모르니 조심해야 한다.

지리학자 방귀

풍향계가 그렇듯, 이 방귀는 바람이 부는 방향을 따라 뱅글뱅글 도는 특성이 있다. 그러다가 이따금 북쪽을 향해 멈추기도 하는데, 그때가 제일 끔찍하다.

오쟁이 진 방귀

이 방귀는 두 종류가 있다. 하나는 부드럽고 순한, 물러 터진 쪽인데 자진해서 오쟁이 진 방귀로, 냄새를 맡아도 결코 해롭지 않다. 나머지는 갑작스럽고 거친, 발끈하는 타

입으로, 조심해야 하는 방귀다. 굳이 비유하자면, 마치 달팽이처럼 뿔을 앞세우고서만 껍질 밖으로 정체를 드러내는 녀석이다.

방귀 대왕과 아마존족 여왕 이야기

오물 수거인의 기원에 관한 일화

지금으로부터 삼천 년 전, 방귀 대왕과 아마존족의 여왕이 서로 전쟁을 벌이고 있었다. 그 이유는 여왕이 대왕에게 어떤 요새의 반환을 요구했기 때문이다. 두 진영은 서로의 영토를 침범하고 유린하는 가운데 서서히 지쳐 가고 있었다. 마침내 그들은 다음과 같은 방법에 기대 분쟁을 해소하기로 결정했다.

즉 여왕은 자기가 거느린 여전사 중 제일 용맹한 한 명을 선택하여 보내고, 방귀 대왕 역시 수하의 가장 용감한 기사를 한 명 골라, 둘이 대표로 맞붙어 자웅을 겨루게끔 하는 것이다. 거기서 이기는 쪽이 문제의 요새를 자기 주군에게 바치면 전쟁은 그걸로 종식되는 셈이다. 두 진영은 서로에게 공평무사한 결투 전문가를 낙점해 심판을 보게 했고, 결투 일정을 확정했다.

급기야 여자 쪽 대표가 도착했다. 그런데 남자들이란 원래 음흉해서, 여자를 못살게 구는 데 쾌감을 느끼는 법. 방귀 대왕 역시 대표 여전사로 발탁되어 나타난 여자를 통해 아마존족 여왕을 욕보이기로 작심한 모양이었다. 우선 그는 여전사가 성안으로 들어오는 것부터 일단 막았다. 성문 앞에서 속절없이 기다리게 만든 것이다. 그러고 나서, 기사를 한 명 내보내긴 하되 흉갑만 차려입고 검은 소지하지 않은 채 결투장에 나서라고 지시했다. 아울러 펜싱용 검을 갖춘 제자도 하나 따라붙게 하고, 여전사 앞에서는 오로지 뒤꽁무니만 보이면서 그 주위를 맴돌라는 지시도 덧붙였다. 마지막으로, 신하들더러 문제의 요새에 미리 잠복하고 있다가, 여왕이 보낸 여전사가 시야에 들어오면 대포가 있어야 할 구멍들을 통해 일제히 엉덩이를 까 보이라는 명령을 내려 두었다. 모든 지시와 명령이 일사불란하게 이행되었음은 물론이다…….

현장에 당도한 여전사는 일단 성문이 굳게 닫혀 있는데 놀라고, 결투 상대자로 검도 차지 않은 기사와 풋내기 제자가 변변한 준비도 없이 나와 있는 것에 또다시 놀랐다. 이어서 기사의 엉뚱한 행동은 물론, 요새의 대포 구멍으로 해괴망측한 '화기'火器들이 자신을 겨냥하고 있는 꼴을 보자 여전사는 머리 꼭대기까지 화가 치밀어 오르는 것이었다.

하지만 여성 특유의 신중과 현명이란 남자의 무모보다 늘 사태 해결에 효율적으로 작용하는 법. 여전사의 머릿속에 좋은 대처 방법이 떠올랐고, 그녀는 곧바로 그것을 실행에 옮겼다. 우선 방귀 대왕이 꾸민 모욕 작전일랑 안중에도 없는 것처럼 안색 하나 변하지 않으면서, 결투 상대로 나온 기사와 그 제자, 심판관 모두에게 이렇게 말했다. "그대들의 주인인 방귀 대왕이 어지간히 심심한 모양이로군! 정 그렇게 솜씨를 부려 날 대접하고 싶다면 정식으로 잔치나 베풀어 보시든지. 이왕 이렇게 된 거, 우리도 한번 놀아 보겠소! 지금 이 순간부터 서로를 적으로 보지 말고, 투지도 잠시 내려놓읍시다. 당장은 싸울 분위기도 아닌 것 같으니까……. 그 대신 다른 식의 결투를 내가 제안하리다. 서로 방귀를 무기 삼아 겨루는 거요. 둘 중 누가 더 멋지고 근사하게 방귀를 뀌느냐로 자웅을 겨루기로 합시다. 여기 계신 심판관께서 판결을 내려 주시고, 그로써 우리의 결투가 완료된 걸로 하는 겁니다."

처음에는 방귀 대왕 쪽 기사가 난색을 표하는 분위기

였다. 하지만 아마존족 여전사의 미모가 워낙 출중하다 보니 기사의 마음이 움직이고 말았다. 결국 양쪽의 동의가 이루어졌고, 결투 규칙에 합의했다.

드디어 심판관이 양편의 중간에 자리를 잡았다. 각자 진지한 기색으로 임했고, 한동안 적막이 감돌았다. 먼저 기사가 점잖게 바지를 내리더니, 방귀 한 방을 슬그머니 내뿜었다. 맙소사! 정말로 지독한 방귀였다. 지금껏 그 누구도 뀌어 본 적 없는 끔찍하고 혹독한 방귀! 그가 데리고 나온 제자는 도저히 견딜 수가 없었던지, 펜싱용 검으로 스승의 '구멍'을 틀어막기까지 했다. 자칫 그대로 두면 스승이 계속해서 방귀를 뀌어 댈 것 같았던 모양이다. 그런가 하면, 하얗게 질릴 정도로 기겁을 한 심판관은 방귀가 가진 독기에 감염이라도 될까 봐 그러는 것처럼, 부랴부랴 아마존족 여전사의 등 뒤로 숨어 버리는 것이었다.

여전사 역시 질색한 건 마찬가지였다. 그녀는 더 이상 참지 못하고 외쳤다. "이 오물 더미에서 건진 시체 같은 놈아, 기다려라, 내가 네놈 버릇을 단단히 가르쳐 주마……." 말을 마치기가 무섭게 상대를 겨냥해 활시위를 한껏 당기는 여전사. 감미로운 음향의 방귀 한 방이 그녀의 꽁무니에서 마법같이 솟아난 건 바로 그 순간이었다! 희한하게도 냄새 하나 없었다. 뜻하지 않은 황홀한 방귀에 매혹되어 버린 심판관은 자기도 모르게 여전사의 팔을 붙잡았고, 그 바람에 화살이 발사되지 않아 기사는 줄행랑칠 시간을 얻게 되었다. 결국 심판관은 "과연 숫처녀의 기막힌 방귀로고! 승리는 아마존족 여왕의 것이로다!" 하고 외치며, 여전사의 손을 들어 주었다. 그로써 요란한 결투는 정리되었고, 아마존족 여전사는 자기 나라로 돌아갔다.

한편, 이 희한한 사건을 전해 들은 방귀 대왕은 자신의 경솔한 행동을 몹시 후회했다. 하지만 그에게 더 이상의 기회는 없었다. 여전사는 자신이 겪은 모욕을 여왕에게 낱낱이 보고했고, 마침 함께 자리한 스무 명의 이웃 나라 왕들이 그 이야기를 듣더니 이럴 수가 있느냐며 분개하는 것이었다. 다음 날, 그들 모두가 아마존족 진영에 합세했고 힘을 모아 방귀 대왕을 축출해 버렸다. 그뿐만 아니라 요새의 대포 구멍에 엉덩이를 까고 여전사에게 모욕을 준 자들을 모조리 잡아들여 그 발칙한 항문을 완두콩으로 죄다 틀어막은 다음, 아마존족이 거주하는 지역의 모든 변소 도랑을 깨끗이 청소하는 형벌에 처했다. 일설에 의하면, 프랑스에 등장한 최초의 직업적 오물 수거인이 다름 아닌 그들의 후손이라고 한다.

『방귀의 예술』 1776년 판본에 삽입된 삽화.
"받아들일 수 있는 사람은 받아들여라."(「마태오 복음」 19장 12절)

방귀의 예술
: 변비증을 앓는 사람, 근엄하고 심각한 인간, 우울증에 걸린 마나님
그리고 편견의 노예로 사는 모든 이를 위한 체계적인 이론생리학적 시론

2016년 7월 14일 초판 1쇄 발행

지은이		**옮긴이**	
피에르 토마 니콜라 위르토		성귀수	

펴낸이	**펴낸곳**	**등록**	
조성웅	도서출판 유유	제406-2010-000032호(2010년 4월 2일)	

주소
경기도 파주시 책향기로 337, 308-403 (우편번호 10884)

전화	**팩스**	**홈페이지**	**전자우편**
070-8701-4800	0303-3444-4645	uupress.co.kr	uupress@gmail.com

페이스북	**트위터**
www.facebook.com/uupress	www.twitter.com/uu_press

편집	**영업**	**디자인**
조편	이은정	이기준

제작	**인쇄**	**제책**
제이오	(주)재원프린팅	(주)정문바인텍

ISBN 979-11-85152-50-9 03860

이 도서의 국립중앙도서관 출판시도서목록(CIP)은 서지정보유통지원시스템
홈페이지(seoji.nl.go.kr)와 국가자료공동목록시스템(www.nl.go.kr/kolisnet)에서
이용하실 수 있습니다.(CIP제어번호: CIP2016016313)

사람

내가 사랑한 여자
공선옥 김미월 지음

소설가 공선옥과 김미월이 그들이
사랑하고, 사랑하기에 모든 이들과
함께 이야기를 나누고 싶은 여자들에
대해 쓴 산문 모음. 시대를 앞서
나갔던 김추자나 허난설헌 같은
이부터 자신의 시대에서 눈을 돌리지
않았던 케테 콜비츠나 한나 아렌트에
이르기까지, 세상 그 누구보다
인간답게 여자답게 살아갔던 이들을
사랑하는 마음을 담아 찬사했다.
더불어 여자가, 삶이, 시대가 무엇인지
돌아보게 하는 아름다운 책이다.

위로하는 정신
체념과 물러섬의 대가 몽테뉴
슈테판 츠바이크 지음, 안인희 옮김

세계적 전기 작가 슈테판 츠바이크가
쓴 몽테뉴 평전. 츠바이크의 마지막
작품이기도 하다. 츠바이크는 세계
대전과 프랑스 내전이라는 광란의
시대를 공유한 몽테뉴를 통해 자신의
이야기를 한다. 자기 자신이 되고자
끝없이 물러나며 노력했던 몽테뉴.
전쟁을 피해 다른 나라로 갔지만 결국
안식을 얻지 못한 츠바이크. 두 사람의
모습에서 혼란한 시대를 살아가는
사람의 자세를 사색하게 된다.

찰리 브라운과 함께한 내 인생

찰스 슐츠 지음, 이솔 옮김

『피너츠』의 창조자 찰스 슐츠가
직접 쓴 기고문, 책의 서문, 잡지에
실린 글, 강연문 등을 묶은 책.
『피너츠』는 75개국 21개의 언어로
3억 5,500만 명 이상의 독자가
즐긴 코믹 스트립이다. 오랜 세월
동안 독자들은 언제나 실패와
좌절을 거듭하지만 포기하지 않는
찰리 브라운과 그의 친구들의
다채롭고 개성 있는 성격에 공감했고,
냉소적이고 건조한 듯하면서도
부드럽고 따뜻한 느낌의 이야기에
울고 웃었다. 이 사랑스러운 캐릭터와
이야기의 뒤에는 50년간 17,897편의
그림과 글을 직접 그리고 썼던 작가
찰스 슐츠가 있다. 스스로 세속의
인문주의자라고 평하기도 했던
슐츠는 깊이 있고 명료한 글을
쓸 줄 아는 작가였다. 슐츠 개인의
역사는 물론 코믹 스트립을 포함한
만화라는 분야에 대한 그의 관점과
애정, 그의 인생에서 가장 큰 자리를
차지한 『피너츠』에 대한 갖가지 소회,
이 작품에 등장하는 여러 캐릭터를
만들게 된 창작의 과정과 그 비밀을
오롯이 드러내 보인다.

내 방 여행하는 법

세상에서 가장 값싸고 알찬 여행을 위하여

그자비에 드 메스트르 지음, 장석훈 옮김

저자는 금지된 결투를 벌였다가
42일간 가택 연금형을 받았고,
무료를 달래기 위해 자기만의 집 안
여행을 시작한다. 그리고 그 여행을
적은 기록은 출간 후 베스트셀러가
되었다. 여행 개념을 재정의한 여행
문학의 고전으로, 18세기 서양
문학사에서 여러모로 선구적인 작품
가운데 하나로 꼽는다. 적은 분량에도
불구하고 형식과 주제가 분방하고,
경쾌하면서도 깊은 여운을 남기는
문체를 지녀 훗날 수많은 위대한
작가들에게 영향을 주었다.
이 책은 여행에 대한 우리의
고정관념을 뒤집는다. 몇 평 안 되는
좁고 별것 없는 내 방 안에서도 여행은
가능하다고. 진정한 여행이야말로
새롭고 낯선 것을 '구경'하는 일이
아니라 '발견'함으로써 익숙하고
편안한 것을 새롭고 낯설게 보게
하는 일이라고. 물론 작가가 이런
이야기를 구구절절 늘어놓지는
않는다. 다만 자신이 직접 이 '여행'을
어떤 방식으로 해냈는지를 섬세하게
묘사함으로써 이 임무를 상징적으로
수행한다. 숱한 작가들에 의해
되풀이해서 읽히고 영향을 미친
이 작품은 여행의 개념을 재정의하는
고전이 되었고, 지금도 여전히 수많은
독자에게 읽히고 있다.